KB120099

편리하셨겠습니까? ♀

반려하시겠습니까
펫로스를 이겨내는 유기견과의 행복 일상

초 판 1쇄 2024년 07월 23일

지은이 김효진
펴낸이 류종렬

펴낸곳 미다스북스
본부장 임종익
편집장 이다경, 김가영
디자인 임인영, 윤가희
책임진행 김요섭, 이예나, 안채원

등록 2001년 3월 21일 제2001-000040호
주소 서울시 마포구 양화로 133 서교타워 711호
전화 02) 322-7802~3
팩스 02) 6007-1845
블로그 http://blog.naver.com/midasbooks
전자주소 midasbooks@hanmail.net
페이스북 https://www.facebook.com/midasbooks425
인스타그램 https://www.instagram.com/midasbooks

ⓒ 김효진, 미다스북스 2024, *Printed in Korea*.

ISBN 979-11-6910-738-9 03810

값 **19,500원**

※ 파본은 본사나 구입하신 서점에서 교환해드립니다.
※ 이 책에 실린 모든 콘텐츠는 미다스북스가 저작권자와의 계약에 따라 발행한 것이므로 인용하시거나 참고하실
   경우 반드시 본사의 허락을 받으셔야 합니다.

미다스북스는 다음세대에게 필요한 지혜와 교양을 생각합니다.

반려하시겠습니까

김효진
×
김순무

지음

펫로스를 이겨내는 유기견과의 행복 묘상

미다스북스

목 차

프롤로그

계절이 돌아오듯 사랑도 다시 찾아온다　　　012

내 이름은 김미키!　　　016

내 이름은 김순무!　　　019

기록 하나,
미키가 남긴 사랑을 안고 살아가기

운명처럼 찾아온 소중한 반려　　　025

초보 반려인의 좌충우돌 일상　　　031

10년, 영원할 것 같았던 시간　　　038

미키의 투병 일기: 심장종양과의 싸움　　　044

마지막 인사, 너의 장례식　　　052

펫로스 증후군은 극복할 수 없다　　　057

꿈속에서 만나는 사랑하는 강아지　　　064

잠 못 이루는 밤　　　071

봄: 새로운 시작의 날　　　074

기록 넷

슬픔을 걷어차고 나아가기

미키가 내게 주고 간 선물   079

다시 사랑할 용기   092

잠시, 너의 가족이 되어줄게   097

어서 왜! 우리 집은 처음이지?   104

개 육아 베테랑의 두 번째 이야기   109

유기견 룩이의 두근두근 첫 주사   113

유기견 룩이의 작지만, 소중한 첫 발걸음   117

기다리던 입양 신청자가 나타났다!   121

여름: 열정의 시절   126

기록 넷

진짜 가족으로 거듭나기

떨리는 마음으로 쓴 입양 결심서   131

유기견 '룩이'에서 반려견 '순무'로   138

소중한 반려, 다시 한번 내 곁에   147

사랑과 책임의 의미: 중성화 수술   152

생일 축하해, 순무의 입양 기념일   159

개 집사의 24시간 166

사랑은 이어달리기 172

최고의 응원단장, 나의 반려동물 177

가을: 추억을 쌓는 기간 184

기록 넷.

달려라, 순무! 세상을 향해 달려가기

집순이 산책시켜 주는 강아지 189

반려견 놀이터 인싸견 김순무 195

누구나 한 번쯤 강아지를 꿈꾼다 201

개 팔자가 상팔자 208

사랑하면 버려야 하는 것들: 달콤 씁쓸한 희생 214

순무의 성장통: 개춘기 222

순무와 함께한 여행 230

세상에 단 하나뿐인 나의 특별한 반려, 순무 237

우리들의 비밀 암호 248

3년 차 반려견과 13년 차 반려인 255

겨울: 따뜻한 포옹의 나날 262

우리는 사실 이별하고 있다

아름다운 이별을 위해 준비해야 하는 것들　266

To. 사랑하는 나의 반려, 순무에게　269

To. 유기견 입양, 그 아름다운 선택에 대하여　275

유기견과 함께하는 삶

Part 1. 보호소에서 시작되는 인연　281

Part 2. 임시 보호: 사랑의 다리 놓기　291

Part 3. 입양: 새로운 가족 맞이하기　297

Part 4. 반려견과의 행복한 동행　307

계절이 돌아오듯
사랑도 다시 찾아온다

사랑은 마치 계절의 변화와도 같다. 봄의 따뜻한 햇살처럼, 반려견과의 사랑은 설레고, 피어나는 무수한 꽃처럼 화려하고 아름답다. 모든 계절이 그렇듯, 봄은 가고 여름이 오듯, 사랑에도 변화가 찾아온다. 더운 여름처럼 때로는 열정적이고 강렬한 순간들이 있으며, 가끔은 폭풍과 같은 시련도 겪는다. 가을이 오면, 무더웠던 여름의 열기가 식고, 성숙한 유대감이 열매를 맺는다. 반려견과 함께 보낸 시간이 쌓여 하나의 아름다운 기록으로 남는다. 이내 겨울이 찾아오듯, 우리는 결국 사랑하는 반려견과 이별해야만 한다. 안녕의 순간은 차가운 겨울바람처럼 마음을 얼게 하고, 슬픔의 눈보라가 몰아치게 한다. 그러나 다시 봄이 오듯, 사랑도 다시 찾아온다.

'미키를 잃은 상실의 깊은 슬픔 속에서 시작된 나의 이야기는, 순무라는 새로운 사랑을 만나는 감동적인 여정으로 이어진다. 미키는 첫 번째 반려견이자, 모든 행복을 담은 소중한 보석이었다. 풋풋했던 20대, 열정과 도

전으로 가득했던 30대, 미키와 함께한 10년은 영원히 잊지 못할 아름다운 추억의 한 조각이다. 하지만 모든 이야기가 그렇듯, 우리의 사랑 이야기에도 이별이라는 슬픈 마침표가 찍혀야 했다. 심장에 악성종양이 발견된 후, 미키는 점점 약해져 갔다. 마침내 사랑하는 친구를 영원히 떠나보내야 했던 그 순간, 세상은 빛을 잃고 모든 시간은 멈췄다. 절대 용납할 수 없는 상실, 견딜 수 없는 이별은 참담하고 끔찍한 현실이었다. 시간이 흘러도 쉽게 아물지 않은 상처는 영원히 내 마음에 깊은 흉터를 남겼다. 다시는 이런 슬픔을 겪지 않다는 결심으로, 새로운 반려견을 맞이하지 않기로 한다.

하지만 인생은 늘 예상치 못한 방향으로 흘러가는 법이다. 슬픔의 그늘에서 벗어나기 어려워 보였던, 불확실성 속에서 우연히 순무라는 유기견을 만나게 됐다. 잃어버린 무조건적인 사랑에 대한 갈망은 나를 유기견 보호소로 이끌었고, 순무는 예측하지 않았던 방식으로 내 삶에 뛰어들었다. 버림받고 상처받은 순무의 눈빛 속에는 여전히 애정에 대한 갈망이 빛나고 있었다. "반려하시겠습니까?" 그 작은 눈빛에 담긴 큰 질문에 나는 답했다. 그렇게 순무를 통해 잃어버렸던 따뜻한 온기를 되찾고, 두 번째 사랑이라는 새로운 봄을 맞이하게 됐다.

두 번째 사랑은 첫 번째 사랑과는 다른 감동을 선사했다. 미키와 함께했던 사랑은 한 편의 청춘 드라마였다. 어색했던 첫 만남은 마치 로맨틱 코미

디 시작처럼 삐걱거리기도 했지만, 함께했던 소소한 일상들은 따뜻한 웃음
과 때론 뭉클한 에피소드로 하나씩 쌓여갔다. 마치 한여름 밤하늘을 가득
채운 불꽃처럼 화려하고 찬란했다. 순무와의 사랑은 마치 황량한 사막 속
에서 찾은 오아시스와 같았다. 길 잃은 나에게 따뜻한 위로와 사랑을 선사
하며, 새로운 희망을 안겨준 순무는 나의 구원자였다. 순무와의 만남은 내
게 새로운 의미를 부여해 주었다. 순무는 버림받은 개였지만, 순수하고 따
뜻한 마음을 가진 존재였다. 순무를 통해 유기견 또한 사랑받을 자격이 있
다는 것을 깨달았다.

　유기견이란 주인의 책임 소홀이나 버림으로 인해 집에서 나와 방황하게
된 강아지를 말한다. 따뜻한 가족의 보호를 받지 못하고 거리에서 홀로 살
아가는 유기견들은 굶주림, 질병, 학대 등의 위험에 노출되어 있다. 실제로
한국에는 매년 수만 마리의 유기견들이 발생하고 있으며, 이 중 상당수가
안락사되거나 고통스러운 죽음을 맞이한다. 유기견 입양은 버려진 영혼들
을 구출하고 새로운 가족을 선물하는 따뜻한 행동이다. 보호소에는 다양한
나이, 종류, 성격의 친구들이 새로운 가족을 기다리고 있다. 순무처럼 믹스
유기견들은 외모 때문에 입양이 더욱 어려운 경우가 많다. 순무와의 만남
을 통해 반려견 입양이 가진 소중한 의미, 세상에 대한 따뜻한 시선을 선물
받았다. 순무와 함께한 경험을 통해 모든 유기견이 사랑과 보호를 받을 수
있는 세상을 만들고 싶다는 꿈을 꾸게 되었다.

이 책은 나의 개인적인 여정을 넘어, 모든 반려인이 겪을 수 있는 고민과 감정을 진솔하게 표현하고, 새로운 사랑을 두려워하는 모든 존재들에게 전하는 용기이다. 첫 번째 사랑의 아픔을 안고 있는 당신에게, 두 번째 사랑이라는 따뜻한 위로와 희망을 전한다. 순무와 나의 이야기가 누군가에게 시작의 용기를 선사하고 삶에 아름다운 변화를 가져다줄 수 있기를 바란다.

"두 번째 사랑이 비록 첫 번째 사랑과는 다른 방식으로 찾아올지라도,
그 또한 우리에게 소중한 사랑의 선물임을 잊지 마세요."

그럼, 이제 당신에게 묻고 싶습니다.

"반려(伴侶)하시겠습니까?"

어느 날, 찾아온 내 삶을 발칵 뒤집어 놓을
작은 존재의 사랑을 받아들이고,
함께 행복한 삶을 만들어갈 준비가 되셨습니까?

이름 : 미키
나이 : 10살
가족이 된 날 : 2010년 10월 10일
성격 : 장난꾸러기, 애교쟁이, 소심한 남자
좋아하는 것 : 오리고기, 양말 물어뜯기
필살기 : 뚠뚠한 몸으로 얼굴 누르기, 손 물기

내 이름은 김미키!!

반려하시겠습니까

안녕하세요! 무지개다리 건너를 여행하고 있는 첫째, 미키라고 해요. 작은 얼굴과 큰 귀, 말썽꾸러기 성격에 복슬복슬한 흰 털을 가지고 있어요. 넘치는 사랑으로 뚠뚠한 몸매가 매력인 강아지였죠! 항상 에너지가 넘쳤고, 어디서나 장난을 치며 누나를 웃게 했답니다. 특히 눈이 크고 반짝거려서 누나가 나를 볼 때마다 "우리 미키, 귀여워!"라고 말하곤 했어요.

10년 동안 누나와 함께 정말 즐겁고 행복한 시간을 보냈답니다. 내가 가장 좋아하는 것은 인형 던지기 놀이였어요. 누나가 인형을 던지면 누구보다 빠르게 달려가서 물어오곤 했죠. 집에서는 누나와 TV를 보거나, 함께 따뜻한 이불 속에서 뒹굴며 낮잠을 자기도 했어요. 나는 누나 옆에서 조용히 자는 걸 좋아했어요. 누나의 따뜻한 손길이 항상 나를 편안하게 쓰다듬어주었죠.

내가 심장종양에 걸려 세상을 떠나게 되었을 때 누나는 많이 슬퍼했어요. 하지만 지금은 아프지 않고 무지개다리 건너에서 건강하고 행복하게 지내고 있어. 언젠가 누나도 무지개다리를 건너오겠죠? 누나가 아픈 건 싫지만, 그래도 누나를 빨리 보고 싶어요. 그때가 되면 누나를 마중 나가서 꼭 안아줄 거예요.

그리고 우리 막내, 순무! 내가 몰래 찾아가서 만났는데 정말 착하고 좋은 친구더라고요. 누나가 순무와 함께 잘 지내는 걸 보면서 마음이 한시름 놓였어요. 순무처럼 보물 같은 친구가 나의 빈자리를 채워줘서 고마워요. 이렇게 난 무지개다리 건너에서 누나를 기다리며, 매일매일 행복한 추억을 만들어가고 있습니다.

언젠가 다시 만날 그날까지, 안녕!

이름: 순무
나이: 아마 3살?
가족이 된 날: 2021년 3월 16일
성격: 말괄량이, 요조숙녀, 자존감 뿜뿜 똑순이!
좋아하는 것: 먹는 것, 산책, 애착 인형인 원숭이 3형제
필살기: 뽀뽀 애교 폭탄, 돌아 돌아(두 번 연속 돌기),
두발 하이 파이브

내 이름은 김순무!

내 이름은 김순무!

안녕하세요! 나는 김씨 가문의 귀염둥이, 막내 순무입니다! 블랙 앤 화이트 무늬가 매력적인 한국 토종 바둑이 강아지죠. 우리 가족의 중심엔 항상 내가 있어요. 엄마와 언니들을 이어주는 소통 대왕이죠. 사실 난 입양됐어요. 나는 언제 어디서 태어났는지, 부모님이 누군지 몰라요. 춥고 외로웠던 철장 속에서 다른 친구들과 함께 있었던 것만 생생하게 기억나요. 어느 순간 함께 있던 친구들도 사라지고 좁은 철장 안에 혼자 남게 되었어요. 아마도 내가 예쁜 강아지가 아니어서 나갈 수 없었던 것 같아요.

어느 날 사람들이 와서 내 사진과 영상을 찍었어요. 나는 최대한 불쌍한 표정으로 카메라를 쳐다봤죠. 누군가가 내 사진을 보며, 날 이곳에서 꺼내주기를 매일 밤 기도하며 잠들었어요. 결국 나의 이야기는 해피엔딩이 되었죠! 이제는 사랑하는 엄마, 언니들과 함께 행복하게 살고 있습니다. 하지만 아직도 보호소에는 나와 비슷한 친구들이 많아요. 좋은 음식, 좋은 옷, 포근한 잠자리를 누릴 때마다 친구들이 생각나요. 친구들도 기다림에 지치기 전에 빨리 가족들을 만나 행복한 견생을 보냈으면 좋겠어요!

나는 산책이 제일 좋아요! 넓은 들판을 누비며 뛰어놀고, 상쾌한 바람을 가득 마시는 순간이 최고의 행복이에요. 덕분에 언니들이 고생을 좀 해요. 후훗, 내 무한한 에너지를 따라오기 쉽지 않거든요. 나는 보더콜리랑 달리기 대결도 이긴 적도 있어요! 대단하죠?

나는 우리 가족을 정말 사랑합니다. 큰 언니 덕분에 세상에서 가장 행복한 강아지가 되었어요. 아마 나는 우리 가족들보다 먼저 미키 오빠가 있는 무지개다리 건너로 떠날지도 몰라요. 그동안 후회 없이 엄마와 언니들과 즐겁게 지낼 거예요.

그럼, 유기견에서 반려견이 된 저의 견생역전 이야기를 시작할까요?

기록 하나,

미키가 남긴 사랑을

안고 살아가기

운명처럼 찾아온
소중한 반려

어렸을 때부터 다양한 동물과 함께 살았다. 병아리는 내게 생명의 소중함을, 물고기들은 조용한 침묵 속에서도 느껴지는 평온함을, 햄스터와 토끼는 작은 존재에서도 느껴지는 큰 기쁨을 가르쳐 주었다. 하지만, 이 모든 동물 친구와의 시간은 늘 내 마음 한편에 더 큰 소망을 키워나가게 했다. 바로 강아지와의 삶을 꿈꾸게 한 것이다. 강아지를 키우고 싶은 마음은 늘 특별했다. 강아지만의 독특한 방식으로 사랑을 표현하며, 그들의 충성심과 무한한 애정은 다른 어떤 동물들과도 비교할 수 없어 보였다. 초등학교 3학년, 친구 집에 놀러 갔을 때, 귀여운 개 한 마리가 있었다. 처음 만난 나에게도 꼬리를 흔들며 다가와서 반갑게 맞아주는 모습이 너무나 사랑스러웠다. 언젠가는 반겨주는 나만의 멍멍이를 키우고 싶다는 마음이 더욱 강해졌다. 강아지는 사람과 깊은 교감을 나눌 수 있는 존재라는 점도 큰 매력으로 다가왔다. 내가 슬프거나 외로울 때, 강아지가 옆에 있다면 큰 위로가 될 것 같았다.

엄마는 개를 키우는 것이 큰 책임이 필요하다고 말씀하셨다. 실제로 개는 10년 이상을 함께하며 긴 시간 동안 끊임없는 관심과 사랑, 그리고 책임감이 있어야 하는 동물이라고 하셨다. 단순히 귀엽고 사랑스러운 모습만을 보고 결정할 수 있는 문제가 아니었다. 언젠가 충분히 책임질 수 있는 나이가 되고, 환경이 마련되었을 때 꼭 강아지를 키우겠다고 다짐했다.

스물두 살의 가을, 대학 생활과 아르바이트를 병행하며 조금씩 돈을 모았고, 책임을 기꺼이 맡을 준비가 되어 있다고 생각했다. 강아지와 함께라면, 서로에게 의지하며 더 큰 사랑을 나눌 수 있으리라 믿었다. 그 시절 나는 시간이 날 때마다 컴퓨터 앞에 앉아 개를 입양할 수 있는 포털 사이트를 찾는 것이 취미였다. 온통 예쁘고 귀여운 동물들 사진을 보자니 절로 웃음이 지어졌다. 이 중에 어떤 아이와 인연을 맺을까? 그렇게 입양할 강아지를 찾던 중, 내 삶을 완전히 바꿔 놓은 운명의 작은 강아지를 만났다. 친구가 대학교 선배 강아지가 새끼를 낳았는데 입양할 곳을 찾고 있다고 알려주었다. 친구가 보내 준 사진 속에는 하얀 털과 커다란 귀를 가진 귀여운 몰티즈가 웃고 있었다. 이 소식을 바로 엄마한테 전했다. 처음에는 엄마가 강하게 반대했다.

"너 학교도 다니고 바쁘잖아. 잘 돌볼 수 있겠어?"

엄마의 말도 당연했다. 바쁘게 대학교에 다니는 중이었고, 공부하며, 놀며, 나 자신도 제대로 돌볼 여유가 부족했다. 순간 생각했다. 충동적인 결정이었는지, 강아지를 책임질 수 있을지 망설였다. 그러나 사진 속 하얀 몰티즈를 보는 순간, 설명할 수 없는 강한 애정을 느꼈다. 운명처럼 우리가 서로를 만나야 했던 것 같았다. 끈질기게 엄마를 설득했다. 내가 얼마나 강아지를 원하는지, 강아지를 키우는 데 드는 비용과 시간을 해결하는 방법, 내가 가져야 할 책임감에 대해 꼼꼼히 설명했다. 결국, 엄마를 설득하는 데 성공했다. 그날, 나는 세상에서 가장 행복한 사람이었다. 드디어 다음 주 사진의 주인공을 만나게 되었다. 13년이 지나도 아직도 잊히지 않는 그때, 세븐 일레븐 편의점 앞. 샛노란 줄무늬 꼬까옷을 입은 하얀 강아지. 이 순간이 우리 둘의 특별한 인연이 시작이었다.

그렇게 기대했던 강아지의 첫인상은 '못생겼다'였다. 사진 속 귀여운 모습은 어디에도 없었고, 미용한 지 얼마 안 되어 그런지 털이 짧고 어색해 보였다. 아마 새 주인에게 잘 보이려고 미용을 한 것 같았다. 내가 알던 몰티즈는 작고 소중한 소형견이었는데, 눈앞에 있는 이 덩치는 도저히 소형견, 그것도 5개월 강아지라고 믿기 어려운 크기였다. '몰티즈가 맞아?'라는 의문이 머릿속을 스쳤다. 왠지 모를 불안감과 실망감이 밀려왔다. 혹시 속임수에 걸린 것은 아닐까? 아니면 내가 잘못 본 것은 아닐까? 다시 한번 강아지를 바라보았지만, 첫 느낌은 변하지 않았다. 어떻게 해야 할지 막막했다. 정말 이 강아지를 데려가도 될까? 약속했던 일이고 저분이 여기까지 왔는데 그냥 데려가야 할까? 머릿속은 복잡한 생각으로 가득했다. 이런 상황 속에서 강아지의 꼬리는 좌우로 활발하게 흔들리고 있었다. 내가 다가가자, 꼬리를 더욱 세게 흔들며 기쁨을 표현했다. 강아지의 눈빛은 순수하고 맑았으며, 나를 향한 애정이 가득했다. 그래, 이미 나한테 온 강아지를 무를 순 없다. 언제 또 강아지를 키우게 될지 몰라! 결국, 약속했던 대로 강아지를 데려가기로 결심했다. 전 주인에게 강아지의 성격, 사료 먹이는 법 등을 인수인계받고 강아지를 품에 안았다. 그렇게 우리의 첫 만남이 이루어졌고, '내 강아지'를 처음 안았을 때의 그 부드러운 촉감이 아직도 생생하다. 생각보다 무겁고, 따뜻하고, 말랑하고, 보들보들했다. 경이로웠던 그 순간의 기쁨은 잊을 수 없었다. 물론 예상과는 달랐지만, 이 강아지에게도 매력이 있겠지 싶었다. 아직은 낯설고 어색했지만, 시간이 지나면 서로 가까워질 수 있을 것 같은 기대감이 들었다. 집에 와서 꼼꼼히 살펴본 아이는 소형견인 몰티즈 치고는 큰 키와 두툼한 발을 가지고 있었다. 까불까불하는 성격, 노란 옷에 커다란 귀는 마치 미키마우스 캐릭터를 연상시켰다. 그래서 나는 '미키'라는 이름을 지어주었다. 누군가 못생긴 것에 빠지면 답도 없다 했던가? 못생겼다는 첫인상은 어느새 사라지고, 그만의 귀여움과 사랑스러움이 눈에 들어오기 시작했다.

사실 미키는 이미 한 번 입양을 갔다가 파양된 아픈 과거를 가지고 있다.

'너무 활발해서 키우기 힘들다.'라는 이유로 며칠 만에 버려졌다. 신발 물어뜯기, 집안 곳곳 배변 등의 문제로 버려진 희생양이었다. 전 주인은 마치 물건처럼 무심하게 미키를 버리고 떠났다. 하지만 운명처럼, 우연히 그곳을 지나던 미키의 전 주인을 아는 사람이 미키를 발견하고 다시 집으로 돌아오게 되었다. 버렸던 전 주인은 미키에게 기본적인 배변 훈련조차 제대로 시키지 않고, 엉뚱한 곳에서 배변하면 미키의 잘못으로 돌려 말썽꾸러기로 만들었다. 겨우 5개월 된 미키는 사람으로 치면 5살 정도, 유치원생과 같은 나이였다. 5살이면 아무것도 모르는 것이 당연한 나이 아닌가? 전 주인의 무책임한 행동에 분노와 안타까움을 느꼈다. 미키는 우리 집에 와서도 이불에 소변을 보고, 물건을 물어뜯고 온갖 말썽을 부렸지만, 큰 귀를 나풀거리며 토끼처럼 뛰어다니는 미키의 모습이 우리 집을 웃음으로 가득 채웠다. 미키와의 첫 만남은 나에게 새로운 시작을 알렸다. 이렇게 우리 가족과 미키의 행복한 동거는 시작되었다.

초보 반려인의
좌충우돌 일상

　누구나 처음은 있다. 그래서 처음은 언제나 서툴고 실수가 많은 법이다. 어설픔은 언제나 웃음과 함께 찾아오는 법. 우리 집 강아지 미키와 함께한 첫 경험들도 예외는 아니었다. 첫 목욕, 첫 산책, 첫 동물 병원까지 모든 것이 어설펐다. 새로운 구성원으로 맞이한 미키와의 생활은 예상치 못한 사건과 해프닝으로 가득 찼다. 미키를 집으로 데려온 첫날부터, 우리 가족은 기대감과 함께 약간의 두려움도 있었다. 강아지와의 생활은 처음이었기에 모든 것이 고장 난 로봇처럼 삐걱거렸다. 첫걸음이었던 목욕부터가 그랬다. 강아지를 목욕시키는 일이 그렇게 어려울 줄은 몰랐다. 물 온도를 맞추는 것부터 시작해서 샴푸를 얼마나 써야 할지 감이 잡히지 않았다. 이 와중에 미키는 물을 무서워해서 온몸을 부르르 떨었고, 나는 자꾸 도망가며 물을 터는 미키를 달래며 목욕시키느라 진땀을 뺐다. 결국 목욕이 끝났을 때는 미키도 나도 물에 흠뻑 젖어 있었다. 물이 사방으로 튀고, 욕실은 작은 수영장이 되어 있었다. 털을 말리는 것도 난코스였다. 처음 듣는 커다란 드라이기 소리에 놀라 미키가 내 품을 튀어나와 도망가면서 온 거실이 물난리가 되었다.

　가장 웃지 못할 해프닝은 '빡빡이 사건'이었다. 미키의 털이 자라기 시작하면서 꼬질꼬질해지기 시작했다. 미키의 눈을 찌르는 털을 깔끔하게 다듬어주고 싶어 집 근처 강아지 미용실에 데려갔다. 미용을 어떻게 해야 할지 전혀 몰랐기 때문에, "그냥 짧고 귀엽게 해주세요."라고만 요청했는데, 그 말이 그대로 받아들여질 줄은 몰랐다. 우리가 생각한 '사랑스러운 곰돌이 스타일'과는 달리, 미키는 털이 빡빡 밀린 모습으로 돌아왔다. 분홍 소시지 같은 모습에 당황했지만, 이내 그 모습이 너무 귀여워 웃음이 터지면서도 미안한 마음이 들었다. 다행히도 미키는 금방 적응하고 평소처럼 활발하게 돌아다녔다. 미키는 한동안 털이 없는 강아지로 지냈고, 털은 다시 자랄 테니 걱정하지 말자며 서로를 위로했다. 시간이 지나 미키의 털이 다시 자라나기 시작하자, 그제야 안도의 한숨을 내쉬었다.

　첫 산책도 잊을 수 없는 경험이었다. 강아지를 키우고 싶어 하는 사람이라면 누구나 상상하는 '산책 로망'. 푸른 잔디밭을 따라 여유롭게 걷고, 시원한 바람을 맞으며 반려견과 행복한 시간을 보내는 모습을 꿈꿔왔다. 드디어 그 로망을 이루는 날이 왔을 때, 현실은 상상보다 훨씬 더 힘들었다. 설레는 마음으로 미키를 데리고 집 밖으로 나섰다. 하지만 몇 발짝 걸어가기도 바쁘게 미키는 갑자기 멈춰 서버렸다. 강아지 산책이 이렇게 힘들 수 있다고는 상상도 못 했다. 짧은 거리를 걷는 것도 쉽지 않았고, 앞으로 나아갈 방향을 잡지 못해 좌우로 휘청거렸다. 처음에는 미키의 행동에 답답함을 느꼈다. 내가 원하는 방향으로 걸어가지 않고, 끊임없이 멈춰 서서 시간을 지연시키기 때문이다. 하지만 시간이 지날수록 그의 호기심과 순수함에 점점 더 웃음이 나왔다. 세상 모든 것을 새롭게 경험하는 미키의 모습은 어린아이를 보는 것 같았다. 길가의 꽃, 나무, 다른 사람들, 지나가는 자동차까지, 모든 것에 호기심을 느끼고 탐험하려는 모습이 정말 귀여웠다. 세상의 모든 것이 미키에게는 새로운 모험일 테니까. 그러다가 갑자기 뛰어가려고 하여 나를 당황하게 만들기도 했다. 집에 있을 때와는 달리 생기가 반짝반짝 빛나는 눈동자. 강아지들에게 산책은 어떤 의미일까? 미키의 작은 몸이 이끄는 대로 따라가며, 호기심 어린 눈빛을 지켜보았다. 점점 미키의 속도에 발맞춰 걸을 수 있게 되었다. 함께 주변을 탐험하는 즐거움을 느꼈다. 강아지를 키우면서 산책은 피할 수 없는 일상이라는 것을 이때는 아직 몰랐다. 햇살 따스한 봄날, 뜨거운 여름 아스팔트 위, 시원한 가을바람 불어오는 날, 그리고 눈 덮인 겨울날까지 함께 세상을 걸어야 한다는 것을. 첫 산책은 단순한 산책 이상의 의미를 지닌다. 강아지와 나의 첫 번째 공동 체험이자, 서로를 이해하고 소통하는 과정이었다. 좌절과 웃음, 그리고 서로에 대한 배려 속에서 우리는 점점 더 가까워졌고, 진정한 동반자가 되어가는 첫걸음을 내디뎠다.

처음 방문한 동물 병원에서는 미키가 낯선 환경에 긴장한 나머지 몸을 사시나무 떨듯이 덜덜 떨기 시작했다. 이런 모습은 처음이어서 놀라기도 했지만, 아무것도 하지 않았는데 '엄살이 심하구나.' 싶었다. 다행히 친절한 수의사 선생님과 맛있는 간식 덕분에 미키도 점점 안정을 찾아갔다. 드디어 주사를 맞는 시간! 미키는 처음 맞는 주사에 낑! 소리를 내며 약간 놀란 듯 나를 쳐다보았다. 마치 "누나, 이 따끔거리는 거 뭐야?"라고 묻는 듯한 눈빛이었다. 나도 미키와 같이 주사를 맞은 듯 동기화되어 인상을 찌푸렸다. 유아들도 예방 접종할 때, 미안함에 눈물이 나온다는 글을 본 적이 있는데 내 마음과 똑같았다. 수의사 선생님이 곧바로 간식을 주며 미키를 달래주셨다. 강아지가 처음이라 안정시키는 것이 어려웠는데 달래는 법을 잘 아는 분을 만나 안심이 되었다. 선생님은 미키의 건강 상태를 꼼꼼히 살펴보며 예방접종과 필요한 건강 관리 팁을 알려줬다. 상담을 통해 강아지가 필요로 하는 영양소, 적절한 운동량, 그리고 정기적인 건강 검진의 중요성에 대해 배울 수 있었다. 미키와 나는 동물 병원에서 마음의 안정을 얻고, 건강에 대한 유용한 지식을 가득 안고 떠날 수 있었다. 선생님은 그렇게 5년 동안 미키를 보살펴주셨다. 그 후, 사정이 있어 병원을 옮기게 되었지만, 그전까지 단골 병원이었다. 미키의 건강 상태를 체크하고 예방접종을 맞히는 과정에서, 반려동물을 키우는 책임감을 다시 한번 실감했다. 병원에서 돌아오는 길에 미키는 피곤했는지 내 품에서 곤히 잠들었고, 그런 미키를 보며 앞으로도 잘 보살펴야겠다는 다짐했다.

미키에게 밥을 주는 일도 간단하지 않았다. 밥 정량을 맞추지 못해 미키의 배가 빵빵하게 부푼 적이 한두 번이 아니었다. 인터넷에서 검색한 양과 실제량이 더 많아 보여서 난감했던 적이 있다. 처음에는 얼마나 주어야 할지 몰라, 미키가 원하는 만큼 주곤 했다. 미키는 배가 부르더라도 밥을 주면 다 먹어버리는 바보 같은 면이 있었다. 인터넷에서 검색한 양을 그대로 주었더니 미키의 배가 너무 부풀어 오르고, 설사를 하는 경우도 있었다. 반면, 너무 적게 주면 미키가 계속 밥을 달라고 떼를 쓰는 바람에 괜찮을지 걱정되기도 했다. 어느 날은 한 번에 너무 많은 양을 주었더니, 미키의 배가 너무 부풀어 올라 공처럼 보였다. 걸을 때마다 배가 흔들려 왔다 갔다 했다. 가족들은 모두 걱정하면서도 웃음을 참을 수 없었다. 그걸 다 먹어버리다니, 정말 엉뚱하고 귀여운 녀석이었다. 너무 불편해하는 모습을 보여 걱정되어서 바로 동물 병원에 전화를 걸었지만, 다행히 큰 문제가 되지 않았다. 이 사건을 계기로 미키에게 적절한 밥양을 주는 방법을 배우기 시작했다. 인터넷과 책을 통해 반려견 영양학에 대한 지식을 쌓고, 미키의 체중, 나이, 활동량 등을 고려하여 밥양을 조절했다. 미키가 건강하게 자라는 모습을 보며, 우리는 조금씩 반려견 돌보는 방법을 터득해 갔다.

이렇게, 미키와 함께한 모든 '처음'은 어설프고, 실수투성이였지만, 지금은 웃으며 회상할 수 있는 소중한 추억이 되었다. 서툰 첫걸음들 속에서도 서로를 더 깊이 이해하게 되었고, 앞으로 함께할 수많은 '첫 번째'를 기대하게 되었다. 함께 시간을 보내면서 서로의 성격, 습관, 좋아하는 것과 싫어하는 것을 알게 되었다. 미키의 꼬리 흔들림, 울음소리, 몸짓 등을 통해 감정을 이해하고, 미키는 나의 말투, 몸짓, 눈빛 등을 통해 마음을 읽게 되었다. 서투름은 익숙함이 되고, 서로의 눈빛과 몸짓을 봐도 느껴지는 텔레파시로 변해갔다. 미키가 슬플 때는 나도 슬프고, 미키가 행복할 때는 나도 행복하다. 우리는 진정한 의미의 가족이 무엇인지 느끼게 되었다. 서로의 삶을 나누고 함께 성장해 가는 과정이라는 것을. 반려인의 생활은 예상치 못한 일들로 가득하지만, 결국 그 모든 순간은 사랑과 웃음으로 채워진다.

이렇게 끝없는 '첫 경험'을 선사하며,

그 속에서 우리는 사랑을 배우고,

웃음을 나누며, 함께 성장해 나갈 것이다.

10년,
영원할 것 같았던 시간

　지금 돌아보니, 미키를 만난 것은 정말 운명이었다. 서로를 마치 오랫동안 기다려왔던 듯, 자연스럽게 가족이 되었고, 미키는 언제나 나의 우선순위였고, 온 정성을 다해 돌보았다. 미키야, 이름을 부르는 순간, 내 목소리까지 달라졌다. 아무리 화가 난 날이라도, 힘든 일이 있었던 날이라도, 미키를 바라보는 순간 모든 것이 부드러워졌고, 내 안에 숨겨져 있던 애교가 터져 나오기도 했다. 매일 아침, 미키는 나를 깨우기 위해 침대로 뛰어올랐다. 작은 발로 얼굴을 톡톡 건드리며 "일어나!"라고 외치는 모습이 너무나 사랑스러웠다. 그 사랑스러운 모습에 힘을 얻고, 미키와 함께하는 하루를 시작하는 것이 나의 일상이었다. 눈을 뜨고 밤에 잠들 때까지, 모든 일상을 미키와 함께 나누었다. 나에게는 미키는 대나무 숲이었다. 연애 고민으로 속상할 때, 회사 일로 스트레스가 많을 때, 시시콜콜한 농담부터 궁금한 질문까지, 미키에게 끊임없이 이야기를 걸었다. 미키는 말 한마디 하지 않았지만 내 이야기에 귀 기울여주었다. 미키는 답을 직접 주지는 않았지만, 내가 스스로 답을 찾도록 도와주었다. 어떨 때는 말 한마디보다 묵묵한 침묵이 더 힘이 되기도 한다. 나에게는 미키의 존재만으로도 가벼운 위로를 얻을 수 있었다. 어떤 어려움이 닥쳐도, 미키라는 숲속으로 돌아오면 다시 용기를 얻을 수 있을 테니까.

미키야, 왕자님, 우리 아기, 돼지야. 이 작은 생명체와의 동거는 행복과 안정을 가져다주었다.

처음 만났을 때, 작고 소중했던 강아지는 잘 먹고, 잘 자고, 잘 싸며, 8kg의 거대 몰티즈가 되었다. 아기에서 어린이, 청년에서 할아버지가 되었다. 장난기 가득한 얼굴, 평소에는 순한데, 절대 참지 않는 몰티즈 미키. 내 곁에서 졸졸 따라 걷던 미키의 다리 근육은 점차 단단해지고 힘찬 모습으로 변해갔다. 작은 초코볼 같은 코와 깊은 눈망울은 더 동그래졌으며, 이 세상의 모든 소리를 듣고자 하는 커다란 귀도 점점 자라났다. 그리고 귀여움을 잃지 않는 적절한 다리 길이도 약간씩 늘어나고 있었다. 인형과 장난감 물어뜯던 시기, 호기심 가득했던 이빨로 온갖 물건을 입에 물고 다녔던 미키. 양말, 휴지, 종이, 닭 뼈, 심지어 내 몸에까지 미키의 이빨 자국이 남겨졌다. 작은 이빨의 단단함과 엄청난 소화력을 보여주는 대단한 강아지. 입에 온갖 물건을 물고 다니는 미키 때문에 밤새도록 쫓아다니며 위험한 물건을 뺏어야 했던 해프닝을 지나, 나이가 무색할 만큼 미키는 더욱 튼튼해져 갔다. 때로는 장난스럽게 물어뜯기도 했지만, 상처를 입히고 나면 미안해서 상처를 핥아주던 아기 천사, 장난을 치다가도 누나의 말을 잘 듣고 바로 와 안기는, 완벽한 반려견이었다.

그렇게 미키는 20대 철없는 누나 곁에서 천진난만하게 자라났다. 나는 30대가 되었고, 꿈과 현실에서 갈등할 때도 미키는 손 뻗으면 닿을 거리에서 한결같이 내 옆에 있어 주었다. 서로 죽고 못 살고, 싸우기도 하고 화해하기도 하면서, 우리는 맛있는 걸 먹고, 좋아하는 걸 하며 하루하루 보냈다.

봄에는 벚꽃길을 따라 미키와 산책을, 여름에는 초록색 싱그러운 나무들 따라 산책했다. 가을에는 거리에 쌓인 나뭇잎들을 바삭바삭 밟으며, 겨울에는 새하얀 눈밭을 신나게 뛰놀며 산책했다. 여기도 가봐야 하고 저기도 가봐야 하는 바쁜 미키, 마음껏 냄새 맡으며 신나게 노는 미키를 보는 것은 충분한 행복이었다. 그렇게 우리의 계절은 짙어졌다. 하루하루가 쌓여가면서, 미키와 점점 더 가까워졌다. 미키는 나의 작은 비밀들을 알고 있었고, 나 역시 미키의 모든 습관과 행동을 이해하게 되었다. 서로에게 길든 시간만큼 우리들의 일상 신호들은 어느덧 각자에게 자연스레 전달되고, 척하면 척, 환상의 호흡을 발휘하는 날들이 익숙해졌다. 그렇게 찰떡궁합이던 우리, 눈만 맞으면 미키에게 해주던 쓰담쓰담과 사랑한다는 표현에 뽀뽀를 촉! 해주는 미키였다. 강아지 나이로 할아버지가 돼서도 언제나 아기이고 싶은 미키는 갈수록 애교가 늘었다. 미키의 보호자라는 이름 아래 우리의 사랑과 추억이 집 구석구석에 가득 채워졌다.

미키가 나와 닮아간다는 것을 느낄 때마다, 동시에 내게는 무슨 일이 있어도 책임져야 할 작은 생명이 나만 바라보며 곁에 있다는 생각에 마음이 무거웠다. 미키가 아팠던 날도 있었다. 어느 날 미키가 갑자기 식욕을 잃고 힘이 없어 보였다. 병원에 데려가니 심각한 병은 아니었지만, 장염으로 인해 며칠 동안 약을 먹어야 했다. 먹기 싫어하는 약을 먹이기 위해 온갖 방법을 동원했다. 약을 먹이고 나면 미키는 나를 원망하는 눈빛으로 쳐다봤지만, 시간이 지나면서 다시 건강을 되찾은 미키를 보며 안도의 한숨을 내쉬곤 했다.

미키는 아침 9시에 아침밥을 먹고, 한숨 푹 잔 후, 함께 산책하고, 저녁 6시에 저녁 식사를 한 후 편안하게 휴식을 취했다. 단순하지만, 행복한 루틴은 벌써 10년 동안 변함없이 이어져 왔다. 밤이 되면 쌔근쌔근 잠든 소리가 들린다. 스르르 잠들어가는 내 강아지, 꿈에서도 뒷발차기를 하며 잠꼬대하는 미키를 보며 하루의 기억을 되돌아보았다. 그 순간이 가장 큰 위안이자 안도였다. 우리는 오늘도 많은 웃음을 나누며 하루를 보냈다. 장난스럽게 장난감을 물고 달리는 모습에서부터, 간식을 받고 기쁨에 들뜬 표정까지, 미키의 모습 속에서 오늘 하루 내내 행복했음을 느낄 수 있었다. 오늘도 무사히 하루를 보냈다. 내일 또 함께할 수 있다는 기쁨에 가득 찼다.

　　미키와 지나온 발자취를 되밟아 보면, 참 많은 것이 변했다. 나 스스로에게도 듬뿍 줄 수 있는 건강한 사랑을 미키에게 배웠던 걸까? 미키에게 사랑을 주면서 나 자신도 더 따뜻하고 사랑스러운 사람이 되었다는 생각이 든다. 미키는 나에게 사랑과 인내를 가르쳐 주었고, 나는 미키에게 행복과 안정을 제공했다. 우리는 서로를 믿고 의지하며 살아가고 있다. 이렇게 함께 보낸 시간이 내 인생에 큰 행복과 위안이 되고 있었다. 그렇게 마냥 좋기만 할 때, 딱 이대로만 미키와 함께한다면 더 바랄 것 없다고 생각했을 때, 불현듯 불행은 찾아왔다.

미키의 투병 일기
: 심장종양과의 싸움

아침 9시, 습관처럼 밥을 챙기러 거실로 향한다. 순간 따라오는 타닥타닥 발소리가 없음을 깨닫는다. 미키가 무지개다리를 건넌 후로 부쩍 커져버린 텅 빈 집안에 한곳을 차지하는 미키의 추모 공간을 바라본다. 미키야, 잘 잤어? 미키가 잘 잤는지 묻는 안부로 아침이 시작된 지 어느덧 6개월이 지났다. 달라진 것이 있다면 지난 8월의 어느 날, 미키는 처음으로 나와 떨어져 아주 오랜 여행을 갔다는 것. 아침 햇살을 받으며 미키의 사진을 바라보면, 새로운 하루가 시작되는 것 같다.

미키야, 오늘도 좋은 하루 보내렴.

미키는 2020년 5월, 심장 암을 선고받았다. 시간이 흐르고 난 30대가 되고, 강아지는 노견의 경계에 섰다. 내가 일하느라, 노느라 정신없는 사이 개는 서서히 병들어 갔다. 처음에는 미묘한 변화였다. 예전처럼 활발하게 뛰어놀지 않고, 산책길에서도 잦은 숨을 쉬고 입가에 거품이 고이는 모습을 보이기 시작했다. '나이가 들었으니 당연한 거겠지.'라는 생각으로 변명하며, 내 시간을 개에게 충분히 할애하지 못했다. 어느 날, 미키가 자다가 벌떡 일어나 숨을 헉헉 쉬며, 가슴은 땅까지 부풀어 올랐다. 놀란 나는 미키를 데리고 동네 병원으로 향했다. 의사 선생님은 미키를 살펴보더니 당장 큰 병원으로 가야 한다고 했다. 심장에 물이 찼다고 했다. 자신이 아는 병원을 알려줄 테니 어서 택시를 잡으라고 했다. 그곳은 분당의 유명한 병원이었다. 정신없이 택시를 잡고 가는 동안 난 한마디도 하지 못했다. 그렇게 도착한 병원, 미키는 응급환자가 되었다. 기다리고 있던 다른 동물 환자들을 뒤로하고 우선순위로 진료에 들어갔다. 의사는 급하게 초음파를 찍어야 한다고 했고 나는 그저 고개를 끄덕일 수밖에 없었다. 얼마나 지났을까? 숨쉬기 편해 보이는 미키가 간호사에게 안겨 나왔다. 그리고 잠시 후, 우리는 진료실로 들어갔다.

"심장종양입니다. 앞으로 50일 정도라고 생각하시면 되겠습니다."

초음파 검사 결과, 병명은 심장 암이었다. 심장에도 암이 생기나? 머리를 크게 한 대 맞은 후의 울림이 계속되었다. 분명 어제까지 건강하게 뛰어놀던 미키가 암이라니? 오진 아니야? 이전 검진 때도 이상이 없었는데, 믿기지 않을 만큼 갑작스러웠다.

"심장에 7cm 정도의 종양이 있습니다. 수술은 어렵고, 항암치료도 종양을 줄이는 것뿐입니다."

수의사의 말은 내 귀에 무섭게 내려앉았다. 갑작스러운 현실에 눈물이 흐르고, 떨리는 손으로 미키를 안았다. 왜 하필 고칠 수도 없는 병이 왜 미키를 찾아온 걸까? 미키가 왜 이런 벌을 받는 걸까? 살면서 나쁜 짓을 한 건 내 손을 물어 피가 나게 한 것뿐인데. 이런 생각이 계속 머릿속을 떠다녔다. 우스갯소리로 운도 지지리 없는 미키였다. 솔직히 믿을 수 없었다. 얼마 전만 해도 잘 먹고 잘 놀던 아이였다. 다음 날 다른 동물 병원을 찾아 두 번째 진단을 받았다. 잔혹하게도 심장 종양이라는 사실을 확정 지었다.

우리와 함께할 수 있는 시간, 불과 50일. 그렇게 천천히 또 빠르게 이별을 준비해야 했다. 나에게 할 수 있는 일은 단 두 가지였다. 하나는 병원에 데려가 치료를 받게 하는 것이고, 다른 하나는 남은 시간 동안 평범한 일상을 즐기도록 해주는 것이었다. 동네 동물 병원부터 큰 동물 병원까지 정신없이 몇 달을 오갔다. 미키는 용감하게 치료를 시작했다. 1차 항암을 시작했을 때, 7cm의 종양은 5cm로 줄었다. 기쁜 소식이었지만 의료진과 주변 사람들의 긍정적인 메시지나 위로에도 기분이 나아질 리는 없었다. 미키에게 분명 희망이 있다는 믿음 하나로, 모든 신경은 미키에게 곤두세웠다. 나의 또 다른 이름은 미키 보호자였다.

심장에 무리가 가면 안 되기 때문에 산책이나 흥분하는 상황이 제한되었다. 미키도 시간이 얼마 남지 않았다는 걸 알고 있기라도 한 듯 5~10분의 짧은 산책 동안 통증도 잊은 것처럼 나무 주변, 풀 주변을 킁킁거렸다. 지금, 이 순간 최선을 다해 좋아하는 것에 집중하고 있구나. 북받쳐 오는 눈물을 애써 참았다. 1분 1초가 간절했고 한 번이라도 더 웃고 안아줘야 했다. 미키와 여행을 가기 위해 산 차를 병원 가는 데 요긴하게 쓰게 되었다. 응급 시에 택시 잡느라 발을 동동 구르지 않아도 되고, 편하게 병원으로 갈 수 있어 안심이 되었다.

가장 소중한 존재를 서서히 잃어가는 조바심과 상실. 50일 시한부 선고를 받고도, 부지런히 미키를 돌봐야 했던 책임감과 의무로 하루하루 정신없이 흘렀다. 지칠 새 없는 나는 유일한 미키의 보호자였다. 비록 예후가 좋지 않다는 사실을 알고 있었지만, 포기하지 않고 밤새 수많은 정보를 검색하고 자문을 구했다. 심장이란 특수한 장기, 조금이라도 숨을 편하게 쉬게 해주기 위해 할 수 있는 방법은 다 했다. 그것이 민간요법이라도 말이다. 암에 좋다는 강아지 영양제, 적외선 치료까지. 가능한 모든 방법을 동원하여 미키의 심장 기능을 지탱하고자 했다.

3개월간의 치료는 쉽지 않았다. 매주 혈액검사를 하고, 수액을 맞고, 심장에서 물을 빼는 천자도 해야 했다. 독한 항암약으로 인해 위장은 약해졌고, 밥을 먹다가 토하기도 했다. 어떤 날은 심장에 물이 차 호흡곤란을 겪었다. 변해가는 미키의 모습을 바라보며 교차하는 감정들 사이로 박제하고 싶을 만큼 이 순간이 한 달만이라도, 일 년 만이라도 더 이어지기를 절실히 바랐다. 그럼 어떻게든 살리고 행복한 기억 하나라도 더 줄 수 있을 것 같았다. 미키는 그날의 밥과 약을 꼬박 먹어주었다. 그러나 병이 악화될수록 100만큼 먹던 밥은 80, 50으로 줄어들었다. 하루는 잘 먹던 것을 다음날을 또 거부했다. 기호를 고려하여 더 좋은 것으로 매일 식단도 바꿔가며, 조금이라도 더 먹이려 미키를 달래고 먹여야 했다.

마지막 병원 방문 후, 미키의 상태는 급격히 악화되었다. 새벽 3시, 미키가 갑자기 일어났다. 숨이 턱까지 차올라, 헐떡거리는 미키를 품에 안고 동물 병원으로 질주했다. 뒤에 탄 동생은 나에게 상황을 말해줬다. 차 안에서 미키의 몸은 점점 더 떨렸다. 거친 숨은 쌕쌕거렸고 간헐적으로 끊겼다가 이어졌다. 신호? 빨간색? 초록색? 신호등은 눈에 들어오지 않았다. 필사적으로 가속 페달을 밟았다. 속도계는 최대치를 넘어섰다. 미키의 숨이 멈추기 전에, 그저 병원까지 달려가야 했다. 병원에 도착했을 때, 미키는 거의 숨을 쉬지 못했다. 힘없이 늘어진 아이를 안아 올리자, 몸에서 변이 흘러나왔다. 삶의 마지막 순간을 알리는 '임종 변'이었다. 온몸에 변을 묻히고도 나는 아무런 혐오감을 느끼지 못했다. 병원 문을 박차고 들어서자, 수의사와 간호사들이 미키를 둘러싼 채 분주하게 움직였다. 의료진들은 신속하게 미키를 침대에 눕히고 인공호흡기를 장착했다. 의료진들은 포기하지 않고 계속해서 압박과 심폐소생술을 진행했다. 나는 미키가 살아날 수 있기를 간절히 기도했다. 다시 내 품으로 돌아올 수 있을까? 삐―삐― 거리는 기계 소리만 귀에 맴돌았다. 어떤 정신으로 있었는지 모르겠지만, 다리에 힘이 풀려 주저앉다가도 다시 일어나 심폐소생 중인 미키를 바라보았다.

'미키야 힘을 내, 한 번만 버티자. 제발 부탁이야.'

얼마나 시간이 흘렀을까. 마침내 응급실 문이 열리고 수의사가 나왔다. 그의 표정은 어둡고 무거웠다.

"최선을 다했지만… 죄송합니다."

그 말을 듣는 순간, 내 세상이 무너졌다. 미키가 죽었다는 말인가? 결국 내가 듣고 싶었던 미키의 숨소리는 차가운 침대 위에서 영원히 멈춘 채였다. 의사 선생님은 우리에게 응급실 문을 열어주었고, 뛰어 들어가 미키의 모습을 확인했다. 차가운 침대에 미키가 미동도 없이 누워 있었다. 호흡기 때문에 마치 숨 쉬는 것처럼 배가 위아래로 움직였다. 떨리는 손으로 코에 손가락을 대봤다. 손가락 끝에는 아무것도 느껴지지 않았다. 누군가 마법을 건 것처럼 그날의 모든 흐름은 한순간에 멈췄다. 침대를 부여잡고 주저

앉은 채로 미키의 얼굴이 점점 흐릿해졌다. 믿을 수 없었다. 꿈이었다. 그것도 지독한 악몽이었다.

"미키야, 일어나 봐…."

나오지도 않는 흐느끼는 목소리로 미키의 이름을 불렀지만, 답은 없었다. 아직도 손바닥엔 따스한 미키의 체온이 느껴지는데, 아무리 생각해도 믿기지 않았다. 수의사의 말이 귓가에 계속 울려 퍼졌다. "최선을 다했지만… 죄송합니다."

내가 할 수 있는 최선을 다했지만, 결국 미키를 지켜내지 못했다는 죄책감이 밀려왔다. 의료진들은 감사하게도 나와 미키와의 마지막 인사를 기다려주셨다. 그렇게 한참동안 얼굴을 어루만지고, 몸을 쓰다듬고 미키의 귀에 속삭였다.

"미키야 사랑해, 미안해, 잘 가, 나에게 와줘서 고마워, 우리 꼭 다시 만나자. 안녕."

이제 미키는 없다. 내가 사랑하는 반려동물, 내 인생의 반려 미키가 영원히 떠나버린 것이다.

마지막 인사, 너의 장례식

나는 평소에 미키의 기념품을 만들지도 않았고, 유난스럽게 아이의 흔적을 남기지도 않았다. SNS에 사진을 자주 공유하지도 않았다. 그런 내게 후회되는 점이 있다. 털 조각 하나 남기지 못했다는 사실이다. 생각조차 하지 못했고, 누군가 말해주는 사람도 없었다. 장례식 전에 미키의 털을 조금 잘라 보관해 두거나 발 도장을 남겨두고, 몸 크기를 기록해 두었다면 좋았을 텐데. 떠나고 나면 가장 그리운 건 만지던 감촉과 냄새였다. 아이가 떠나고 남은 유품들을 보면 모두 내가 준 선물이었다. 미키의 흔적은 남아 있어도, 아이로부터 남은 것은 유골과 털, 유치 같은 것들뿐이다. 아이의 형체를 기억할 수 있도록 몸 크기를 측정해 두고 발 도장을 남겨둔다면 아이의 덩치와 비슷한 인형이나 베개를 구매해 위로받을 수 있고, 털을 조금 잘라 보관해 두었다면, 지금도 미키의 부드러운 감촉을 느낄 수 있었을 것이다. 발자국을 남겨두었다면, 가끔 빈자리에 발자국을 찍어보며 위안을 받았을지도 모른다.

미키를 위해 마지막으로 해줄 수 있는 일은 멋진 장례를 해주는 것이었다. 아이의 숨결이 멈춘 순간, 나는 어디로 가야 할지, 무엇을 해야 할지 알수 없었다. 동물 병원에서 추천해 준 반려동물 장례 전문 업체가 있었지만, 너무 멀어서 갈 수 없었다. 다행히 인천에 위치한 다른 장례식장을 찾아 미키의 마지막 여정을 준비할 수 있었다. 생전 사진을 보내고 화장할 수 있는 시간을 예약했다. 장례식장에 도착하자 직원들은 따뜻하게 우리 가족을 맞아주었다. 미키를 정중하게 다루는 모습에 마음이 조금이나마 편안해졌다. 처음에는 화장만 진행하고 유골은 뿌려주려고 생각했다. 하지만 장례 지도사의 설명을 듣고, 함께했던 소중한 추억을 간직할 수 있도록 메모리얼 스톤 제작을 포함하는 장례 패키지를 선택했다. 메모리얼 스톤은 반려동물의 유골을 고온으로 녹이고 굳혀 만든 돌 형태의 추모품이다. 다양한 디자인과 크기로 제작할 수 있어, 세상을 떠난 사랑하는 존재를 늘 가까이 느낄수 있도록 할 수 있다.

장례 지도사는 미키의 몸을 정성스럽게 닦고 깨끗한 수의를 입혀주었다. 염장이 완료되고 추모 예식이 진행되었는데, 이는 반려동물과의 추억을 되새기고 마지막 작별 인사를 하는 소중한 시간이다. 꽃, 사진, 영상 등을 활용하여 추모 공간을 꾸미고, 짧은 추모사를 읽거나 노래를 부르기도 한다. 미키는 꽃으로 장식된 아름다운 관에 안치되어 있었다. 깨끗하게 정돈된 미키는 편안한 표정으로 잠들어 있었다. 미키가 가장 좋아했던 장난감을 관 옆에 놓아주었다. 무지개다리를 건널 때까지 외롭지 않도록. 그 장난감을 보며, 함께했던 수많은 추억이 생생하게 떠올랐다. 어릴 때 장난감을 가지고 뛰어놀던 미키의 활기찬 모습, 아픈 날 위로해 주던 따스한 눈빛, 항상 곁을 지켜주던 든든한 모습까지. 하나하나의 순간들이 마치 어제 일처럼 생생했다.

큰 화면에서는 미키와 함께했던 사진들을 슬라이드 쇼로 보여주고, 남은 가족들과 눈물로 마지막 인사를 나눴다. 장례식까지 하면서도 아직도 믿을 수 없었다. 떠나는 영혼을 손으로라도 잡아 다시 데려오고 싶었다. 한 사람씩 미키에게 마지막 말을 걸고, 쓰다듬었다. 이제 미키는 더 이상 아픔을 느끼지 않고, 자유로운 세상으로 떠났다.

화장이 끝난 후, 미키는 메모리얼 스톤 안에 담겨 다시 내 품으로 돌아왔다. 이제 나는 메모리얼 스톤을 차에 부적처럼 들고 다닌다. 언제 어디서든 미키가 내 곁에 함께 있는 것 같아 위로를 얻는다. 이제 미키는 작은 돌멩이가 되었지만, 우리 가족의 마음속에 영원히 살아 있을 것이다.

장례식을 마치고 집, 미키의 빈자리는 너무 컸다. 텅 빈 집, 사라진 발소리, 그리고 어디에서나 느껴지는 흔적들은 나를 더욱 깊은 슬픔에 빠뜨렸다. 그 후 슬픔과 죄책감의 나날이었다. 바쁘다는 핑계로 소홀했던 내가 너무 미웠다. 더 잘해줄걸, 내가 더 빨리 병원에 갔더라면, 뭔가 더 할 수 있는 치료 방법이 있지 않았을까. 미안하다는 후회가 끊임없이 밀려왔다. 일상생활을 하다가도 갑자기 슬퍼져 눈물이 멈추지 않았다. 그놈의 눈물 때문에 회사에 퉁퉁 부은 눈으로 출근하기도 했다.

펫로스 증후군은
극복할 수 없다

반려동물과 함께하는 동안 간과한 한 가지가 있었다. 개의 수명은 인간보다 훨씬 짧다는 사실이다. 아마 나를 포함한 많은 반려인은 내 반려동물이 언제까지 나와 함께할 거로 생각한다. 그러나 그것은 오해다. 개와 고양이의 수명은 15년 남짓. 나보다 빨리 늙어가고 병들어 죽어갈 수밖에 없는 존재라는 사실을 분명히 인식해야 했다. 어리석은 나는 죽음을 미리 인지하고 있었지만 대처하진 못했다. 그렇게 시간이 지나면 자연스럽게 나아질 거라고 생각했다.

미키를 잃은 지 벌써 6개월이 지났지만, 슬픔과 상실감은 여전히 짙게 남아 있었다. 미키의 옷, 밥그릇, 장난감은 여전히 거실 한쪽을 차지하고 있었고, TV에서 강아지 관련 프로그램이 나오면 갑자기 채널을 돌리거나 자리를 피하게 되는 것이 일상이었다. 길을 가다 강아지를 보면 답답해지는 가슴, 숨이 막히는 듯한 느낌은 펫로스 증후군이라는 그림자가 따라다니는 증거였다. 그때, 펫로스 증후군이라는 말을 알게 되었다. 펫로스 증후군은 사랑하는 반려동물을 잃은 슬픔과 상실감으로 인해 발생하는 정신적 고통을 말한다. 증상은 반려동물 죽음에 대한 부정, 우울감, 더 잘해주지 못한 죄책감 등이라고 한다. 난 분명 펫로스 증후군에 시달리고 있었다.

인터넷에서 찾아낸 극복 방법들을 하나씩 시도해 보았다. 반려동물이 없는 현실을 받아들이려 노력하고, 슬픈 감정을 충분히 느끼며, 함께했던 추억을 떠올리기도 했다. 미키가 나에게 얼마나 큰 의미였는지 되새기고, 다른 사람과 감정을 공유하는 것도 도움이 되었지만, 쉽게 극복할 수 있는 것이 아니었다. 반려동물을 키워보지 못한 주변 사람들에게 이런 나의 감정은 쉽게 이해되지 않았다.

"개가 죽었다고? 열 살이나 살았으면 살 만큼 살았네."
"시간이 지나면 괜찮아질 거야."

가벼운 위로는 오히려 상처가 되었다. 그들에게는 미키가 단순한 '개'였지만, 나에게 가족이었다. 10년간 곁에서 위로하고 격려하며 함께했던 존재였다. 사람과 10년을 함께 살기도 힘든데, 강아지와 10년이라는 시간을 공유했다는 사실은 그저 '살 만큼 살다.'라는 말로 함축될 수 없었다. 어떤 인간관계보다 더 특별하고 값진 유대감을 형성했기에, 이별의 아픔도 더

크고 길다는 것을 주변 사람들이 이해하기는 쉽지 않다. 펫로스 증후군은 외로운 싸움이었다. 각종 커뮤니티에서 나와 비슷한 반려인들의 이별 과정을 찾아보고 소통하며 위로를 얻을 수 있었지만, 빈 공간은 그대로였다.

　가장 힘든 것은 일상생활 중에 갑자기 터지는 눈물이었다. 익숙했던 일상의 순간마다 미키가 떠올랐다. 포근한 아침햇살에 눈을 뜨는 순간 텅 빈 침대 옆을 보며, 다른 사람들의 반려견을 보면서, 일하다가도 회사 화장실에서 몰래 울기도 하고, 미키를 생각나게 하는 순간 어디서든 눈물이 흘러내린다. 미키가 없어 더 이상 특별하지 않은 날이 된 것 같았다. 익숙했던 산책 코스를 혼자 걷는 것이 괴롭고, 미키가 반겨주지 않는 집이 싫고, 옆에서 곤히 잠들던 미키의 따뜻한 숨결과 부드러운 털이 없는 밤이 무섭고, 미키가 지켜보지 않는 혼자 하는 식사는 맛도 없고 즐거움도 없으며, 미키를 그리워하며 눈물로 베개를 적셨다. 잠들지 못하는 채 천장을 바라보며 미키와 함께했던 소중한 순간들을 떠올린다. 과거의 행복했던 기억들은 지금의 아픔을 더욱 절실하게 만든다. 운전하다 이별 노래를 들으면 모든 가사가 나의 이야기가 되고 눈물을 글썽이는 순간들도 있고, 주변 사람들에게 약한 모습을 보이고 싶지 않은 마음에 애써 괜찮은 척하지만, 혼자 있는 시간은 외로움과 상실감에 잠겨 꼼짝도 못한다.

　시간이라는 약이 나의 상처를 치유해 줄까? 하루하루가 더욱 길어지는 듯

하다. 과거의 추억들이 떠올라 더욱 아프다. 언젠가는 이 아픔에서 벗어나 다시 행복을 찾을 수 있을까? 언제쯤이면 이 아픔이 덧없는 추억이 될까?

그렇게 미키와 작별한 후 벌써 3년이 흘렀다. 매년 기일과 생일에는 가장 좋아했던 간식을 준비하고, 사진을 보며 함께했던 행복했던 순간들을 추억한다. 미키를 잊지 않고 챙기는 것은 이제 내 일상의 일부가 되었고, 이것이 그리움을 달래는 나의 방식이 되었다. 하지만 아직도 1초 만에 밀려오는 미키가 없는 현실감에 다시 한번 무의식적인 슬픔에 잠기게 된다. 꿈 속에서 만나 다시 헤어져야 하는 고통을 겪기도 한다. 가끔 스스로에게 묻는다. "나는 아직 펫로스 증후군을 극복하지 못한 걸까?" 답은 아니다. 펫로스 증후군은 사랑했던 반려동물을 잃은 자연스러운 슬픔의 과정이며, 시간이 지나면서 슬픔을 안고 살아가는 방법을 배우는 것이라고 생각하기로 했다.

어쩌면 펫로스 증후군은 완치될 수 없을지도 모른다. 그것은 사랑했던 증거이자, 함께한 일상의 소중함을 일깨워 주는 기억이다. 언젠가 다시 펫로스 증후군을 겪을지도 모른다. 하지만 슬픔을 부정하지 않고, 행복했던 추억들을 소중히 간직한다. 그렇게 펫로스 증후군과 함께 살아가는 살아가고 있다.

사람이 죽으면 먼저 떠나간 반려동물이

마중을 나온다는 이야기가 있듯이,

언젠가 다시 만날 그날을 기다리며.

- 미 키 -
2020.08.22

꿈속에서 만나는
사랑하는 강아지

　개가 꿈에 나타나는 것은 무슨 의미일까? 한국에서 개꿈은 별 의미 없는 꿈을 비유하는 말로 사용된다. 하지만 사랑하는 강아지를 잃은 사람들에게 개꿈은 단순한 꿈 이상의 의미를 지닌다. 현실에서는 다시 만날 수 없는 존재이지만, 꿈속에서는 다시 만날 수 있는 기회가 주어지기 때문이다. 꿈에서라도 다시 만나 그리움을 달랠 수 있다면 얼마나 좋을까? 하지만 아무리 그리워하며 기다려도, 때때로 꿈속에서 그들을 만나지 못해 마음이 아파지기도 한다. 그런데도, 우리는 희망을 버리지 않고 꿈속에서라도 반려견을 만날 기회를 기다린다. 나 또한 사랑했던 강아지 '미키'가 세상을 떠난 후, 매일 밤, 잠들기 전 꿈에 나타나기를 간절히 바랐다. 미키를 그리워하며 잠들었지만, 꿈에서 만나지 못해 실망하기도 했다. 사랑했던 강아지를 꿈에서 만난다면 보고 싶었다고, 사랑한다고, 그동안 얼마나 그리웠는지, 네가 없어 얼마나 외로운지 등 많은 말을 하고 싶을 것이다.

"미키야, 오늘 밤 꿈에 나와줘."

이런 염원이 이루어진 것은 단 두 번뿐이었다. 드디어 꿈속에서 미키를
만났다. 단 두 번뿐이었지만, 꿈속에서 미키를 만난 경험은 잊지 못할 추억
으로 남았다.

첫 번째 꿈은 미키를 잃은 지 1년 후였다. 꿈에서 살아 있을 때처럼 미키
는 우리 집 거실에서 평소처럼 짖고 있었다. 꿈에서는 뚜렷한 대화나 특별
한 일은 없었지만, 미키가 건강하고 행복한 모습을 보는 것만으로도 큰 위
안을 얻었다. 마치 미키가 세상을 떠나기 전 평범했던 일상으로 돌아간 것
같은 느낌이었다. 미키가 꿈에 나타나 평범한 모습을 보이는 것은, 미키와
함께했던 행복한 추억을 그리워하는 내 마음을 반영된 것이 아닐까. 꿈은
짧았지만, 미키의 부드러운 털을 만지는 느낌은 매우 생생했고, 그 감촉이
꿈에서 깨어난 후에도 계속 느껴져서 마치 미키가 실제로 곁에 있었던 것
같은 착각이 들었다. 미키가 나에게 "난 항상 여기 있어. 그러니까 괜찮아."
라고 말해주는 것 같았다.

다음으로 미키를 꿈에서 만난 것은 새로운 가족 '순무'를 맞이한 후였다.
꿈에서 미키와 순무가 처음 만나는 모습을 보았다. 서로 킁킁 냄새 맡으며
서로를 탐색하고 있었다. 미키는 다른 강아지를 싫어해서 극도의 공격성을

지니고 있었다. 하지만 꿈속에서의 미키는 평소와는 전혀 다른 모습이었다. 순무를 향해 온순하고 다정한 모습을 보였다. 서로의 털을 핥아주고 함께 장난감을 가지고 놀면서 즐겁게 지내는 모습은 마치 오랫동안 친한 친구였던 듯했다. 꿈에서 깨어난 후, 미키가 순무를 자신의 동생으로, 우리 가족으로 인정해 준 것 같았다. 순무를 입양하고 항상 미키에 대한 미안함이 있었다. 이런 나의 마음을 미키가 알아준 걸까? 그래서 꿈속에 나와서 "이제 마음껏 순무와 행복한 하루를 보내!"라고 말해준 건 아닐까? 자꾸 두 강아지가 사이좋게 어울리는 모습이 눈앞에 아른거렸다.

우리 가족 중에 미키를 꿈에서 만난 사람이 더 있다. 엄마는 미키가 귀신으로부터 자신을 보호하는 꿈을 꿨다고 말했다. 엄마의 말에 따르면 미키가 귀신에게 으르렁거리며 용감하게 맞서 싸워 엄마를 안전하게 지켜주었다고 한다. 미키가 여전히 우리 가족을 지켜주고 있다는 확신을 가지게 되었다.

꿈에서 깨어났을 때는 늘 쓸쓸함과 슬픔이 밀려오지만, 꿈속에서 느꼈던 감정은 무엇보다도 행복과 안도감이었다. 미키를 만나고 싶었던 염원이 이루어졌다는 기쁨과 함께, 건강하고 행복한 모습을 보니 마음이 편안해졌고, 슬픔과 아쉬움이 조금이나마 달래졌다. 미키는 여전히 우리 가족과 함께 있고, 지켜주고 있다는 것을 느낄 수 있었기 때문이다. 꿈은 단순한 현상이 아니라, 우리의 내면에 숨겨진 감정과 생각을 드러내는 중요한 매개체이다. 우리와 사랑했던 강아지 사이의 특별한 연결고리이다. 꿈에서 강아지를 만나는 것은 그들과의 사랑과 추억을 되살릴 수 있는 소중한 순간이다. 슬픔과 아쉬움을 달래는 것뿐만 아니라, 그것은 위로와 희망, 긍정적인 변화를 가져다주는 힘이 될 수 있다. 그래서 꿈의 의미를 긍정적으로 해석하고, 슬픔을 극복하고 앞으로 나아가는 힘으로 삼아야 한다고 생각했다.

언젠가 다시 꿈속에서 미키를 다시 만날 수 있을 것이라는 희망을 품고, 나는 오늘도 잠에 들 것이다.

다시 만나 그리움을 달랠 수 있다면, 얼마나 행복할까.

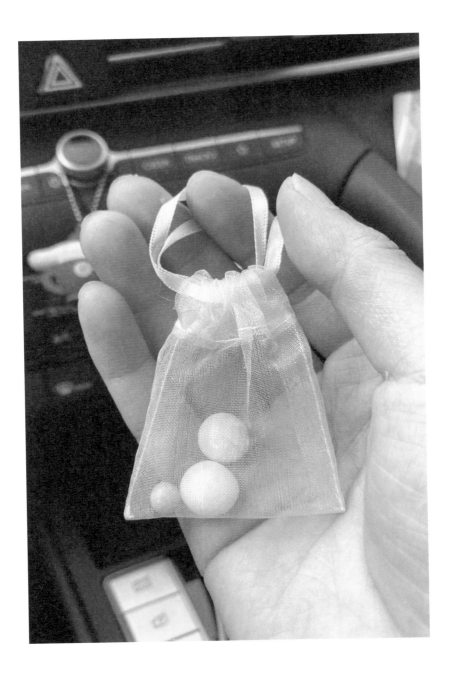

2020년 9월 22일, 누나에게

무지개다리를 건너 새로운 세상에 도착한 지도 벌써 한 달이 지났네. 죽기 전 누나를 마지막으로 쳐다보고 눈을 감았다 떴는데, 내 앞에 무지개가 떠 있었어. 길을 따라 천천히 걷기 시작했고 무지개다리를 건넌 그 순간, 내 몸은 신기하게도 더 이상 아프지 않았고, 발걸음이 가볍고, 숨쉬기도 한결 편안했어.

처음에는 모든 것이 너무 낯설고 어색했지만, 이제는 완전히 적응하고 새로운 친구들과 함께 즐겁게 지내고 있어. 건너의 세상에는, 다양한 친구들이 있어. 부드러운 털을 가진 고양이들, 깡충깡충 뛰어다니는 토끼들, 그리고 하늘을 자유롭게 날아다니는 새들까지! 나와 같은 강아지들도 많아! 모두 나처럼 무지개다리를 건너온 반려동물들이야.

이곳에는 배고픔이나 아픔이 없고, 원하는 곳을 자유롭게 다닐 수 있다는 게 정말 신기하지 않아? 더 신기한 걸 말해줄까? 누나 기억나? 팜 이모가 키우던 나리 할머니도 여기 있어! 여기 도착하자마자 나리 할머니를 만났어! 내가 미키라고 하니까 기억하시더라고, 나리 할머니도 여기서 행복하게 지내고 계셨어.

나랑 친구들은 넓은 초원에서 뛰어놀기도 하고, 푸른 호수에서 물놀이도 하고, 서로의 털을 다듬어 주기도 하면서 시간을 보내. 이곳에서 가장 행복한 순간은 바로 저녁 시간이야. 모두 광장에 모여 별이 빛나는 하늘 아래에서 각자의 반려인에 관한 이야기를 나눠. 나는 특히 누나에 관한 이야기를 자주 해. 내가 얼마나 누나를 사랑하고 그리워하는지, 그리고 우리가 함께했던 소중한 추억들을 말이야.

이곳은 시간이 흐르는 속도가 훨씬 느린 것 같아. 하루하루가 여유롭고 행복하지만, 여전히 누나가 많이 보고 싶어. 꿈속에서라도 누나를 만나고 싶은 마음에 밤마다 하늘을 보며 누나를 생각해.

사랑하는 누나! 나는 무지개다리 건너에 무사히 도착했어. 여기서 잘 지내고 있으니 걱정하지 마! 무지개다리 너머에서, 항상 누나를 지켜보고 있어. 언젠가 우리가 다시 만날 그날을 기다리고 있어. 천천히, 빨리 왔으면 좋겠다! 그때까지 이곳에서 행복하게 지내고 있을게.

잠 못 이루는 밤

조용한 밤,

잠들지 못하고 천장을 바라보는 시간만큼이나

네가 그리워진다.

네가 있을 때는

나는 이렇게도 밤의 고요함을 두려워하지 않았다.

따뜻한 온기가 있기에,

부드러운 감촉을 느낄 수 있었기에

편안한 꿈을 꾸곤 했다.

이제는 너의 자리는 차갑게 비어 있고,

이불 속에는 너의 향기조차 남아 있지 않다.

이런 내가 가엾거든,

다시 돌아와 줘.

너에게 닿지 못할 내 중얼거림만이

허전하게 방 안을 맴돌다가 사라진다.

너는 내 작은 우주였다.

그 안에서 행복했고,

모든 것이 사랑스러웠다.

너도 행복하게 갔을까?

이제는 영원히 만나지 못할 두려움과 그리움에

잠 못 이루는 밤이다.

다시 우리의 시간이 스칠 때,

여느 밤처럼

너와 눈 맞추며 잠들고 싶다.

보고 싶다. 딱 한 번만 더.

기운 하나, 따뜻한 남긴 사랑을 안고 살아낸다

봄: 새로운 시작의 날

슬개골 탈구로 오래 걷지 못하는 미키를 위한 개모차!
바람을 가르며 스피드를 즐기는 모습이 마치 레이서 같다.^^
봄날의 햇살처럼 웃는 너, 사랑스럽다.

#개모차   #플랙스   #햇살미키

마지막이 될 줄 몰랐던 2020년의 봄,

미키와 마지막 나들이, 새로 돋아나는 새싹 냄새 킁킁!

우리의 아지트, 헬기장! 네가 제일 자유로워지는 시간

#마지막   #봄산책   #보고싶다

기록 둘,

슬픔을 걷어차고

나아가기

미키가 내게
주고 간 선물

  반짝이는 유리창 너머, 꼬리를 살랑살랑 흔들며 앙증맞게 웃는 강아지들. 그 귀여움에 누가 마음을 빼앗기지 않겠는가? 개를 키우고 싶은 마음이 들 때, 대부분의 사람이 떠올리는 첫 번째 장소는 아마도 펫샵일 것이다. 나도 예외는 아니었다. 개를 키우고 싶다면 당연히 펫샵에 가서 구매하는 것이 일반적이고 쉬운 방법이라 생각했다. 언젠가는 펫샵에서 귀여운 강아지를 한 마리 데려와 행복한 반려 생활을 할 거라고 생각했다.

  그러던 내가, 파양견 미키와의 생활을 시작하면서 자연스레 개에 관한 프로그램을 보고, 책을 읽게 되었다. 그 과정에서 유기견에게 관심을 가지기 시작했다. 〈TV 동물농장〉에서 방영된 '강아지 공장', '고양이 공장' 에피소드는 나에게 충격을 주었다. 그전까지는 펫샵에서 팔리는 귀여운 강아지들이 어디에서 왔는지, 어떤 과정을 거쳐 펫샵에 오게 되었는지에 대해서는 생각해 본 적이 없었다. TV에서 본 모습은 좁고 불결한 공간에 수백 마리의 동물들이 갇혀, 질병과 학대에 시달리는 모습은 안타까움 그 자체였다. 특히 모견들은 발정 유도제를 맞으며 1년에 3번씩 임신과 출산을 반복하고, 병이 생겨도 치료받지 못하고 철창 구석에 방치된 채 죽어갔다. 생명을 돈벌이 도구로 여기고, 새끼를 낳기 기계처럼, 일회용품처럼 버려지는 비참한 현실을 알게 된 것이다. 강아지 공장에서는 외모나 인기 견종에만 집중하며, 더 예쁘게, 더 멋지게 만들기 위해 외모나 인기 견종에만 집중하면서 근친 교배가 이루어져 심각한 질병이나 유전적 결함을 가진 강아지들이 태어난다. 이렇게 태어난 강아지는 생후 6주가 되기도 전에 어미와 억지로 분리되어 낯선 환경으로 떠난다. 충분한 사회화 과정을 거치지 못한 채 펫샵에 전시되고, 새로운 주인에게 판매된다. 그곳은 감옥과도 같은 장소였고, 반짝이는 조명과 귀여운 장식 뒤에 숨겨진 어두운 펫샵의 두 얼굴이었다. 한 마리의 강아지를 구매하는 순간, 또 다른 강아지가 고통받는 현실. 그 순간부터 불행한 생명체의 연쇄가 시작된다. 이 사실을 알게 된 순간부터 펫샵 유리창 속 강아지는 더 이상 매력적으로 보이지 않았다.

이렇게 펫샵에 대한 인식이 바뀌자, 자연스럽게 떠돌이 개들에게도 눈길이 갔다. 내가 살던 동네는 유독 떠돌이 개가 많았다. 눈빛이 슬픈 황색 커다란 진돗개, 갈색 털이 앙상하게 엉킨 작은 푸들. 앙상하게 마른 몸, 엉킨 털이 안쓰러워 사료를 나눠주기도 하고, 목마르지 않게 물도 챙겨주었다. 처음에는 경계하여 도망갔지만, 몇 번 사료와 물을 내려놓고 숨어서 지켜보자 주저하며 한입 베어 물고는 급하게 먹기 시작했다. 그 후로도 미키와 산책길, 외출하는 길에 사료와 물을 챙겨주었다. 가까이 다가오지는 않았지만, 멀리서 나를 보면 꼬리를 쳐주었다. 어느 날, 갑자기 그 개가 사라졌다. 동네를 다니며 찾아보았지만, 어디에도 없었다. 텅 빈 자리에 남겨진 사료는 갑작스러운 사라짐을 더욱 절실하게 느끼게 했다. 며칠 뒤, 다른 떠돌이 개들도 모두 사라졌다는 사실을 알게 되었다. 누가 왜 떠돌이 개들을 잡아갔을까? 지금 생각해 보면 아마 지역 동물 보호소에서 떠돌이 동물들을 보호하기 위해 데려간 것이 아닐까, 생각한다. 동물 보호 정책 변화로 인해 지자체에서 떠돌이 동물을 적극적으로 보호하고 있으며, 보호소도 확대되는 추세다. 게다가 우리 동네는 떠돌이 개가 많았던 곳이라 지역에서 떠돌이 동물 보호 정책이 적극적으로 시행되었을 가능성이 높다. 물론, 아직 정확한 사실은 알 수 없지만, 떠돌이 개들이 안전한 곳으로 보호되었기를 바란다. 동네 떠돌이 개들의 사라짐은 나에게 많은 것을 알려주었다. 세상에는 버려지고 무시되는 동물들이 너무나도 많다는 것을, 그리고 누군가는 그들을 위로해 줘야 한다는 것을 말이다.

　나는 그렇게 유기견 보호소 문을 열었다. 처음 유기견 보호소 봉사활동을 시작한 계기는 솔직히 말하면 단순했다. 학교에서 요구하는 봉사 시간을 채우기 위해서였다. 인터넷을 검색하다 우연히 눈에 들어온 곳이 바로 유기견 보호소였다. 동물을 좋아했기에 망설임 없이 연락했고, 그중 한 곳에서 긍정적인 답변을 들었다. 준비물은 버릴 옷과 신발뿐이었다. 하지만 가장 중요한 준비물은 내 마음이었다.

봉사 날, 차가운 겨울바람이 내 볼을 매섭게 스쳤다. 보호소에 도착하자마자 눈앞에 펼쳐진 광경은 날 멘붕에 빠뜨렸다. 좁은 공간에 50여 마리의 개들이 옹기종기 모여 있었고, 모든 시선이 나에게 집중되었다. 털이 헝클어지고 눈빛이 흐릿한 개들, 좁은 우리 안에 웅크리고 앉아 있는 개들, 쉴 새 없이 짖어대는 개들. 이 아이들은 어떤 이유로 버려졌을까? 어떤 개는 아마도 사랑하는 주인의 죽음으로 인해 버려졌을지도 모른다. 어떤 개는 아마도 심각한 질병으로 인해 주인에게 부담이 되어 버려졌을지도 모른다. 또 어떤 개는 아마도 순간적인 충동으로 키우기 시작한 후, 책임감 없이 버려졌을지도 모른다. 그들의 버려짐에는 다양한 이유가 있을 것이다.

봉사활동을 시작하기 전, 보호소에서는 안전교육을 진행했다. 유기견들은 각자의 경험과 성격에 따라 다양한 행동을 보일 수 있다는 점을 강조했고, 안전사고를 예방하기 위한 주의 사항을 자세히 설명해 주었다. 개들이 흥분하지 않게 차분하게 행동하는 것, 갑작스러운 움직임을 자제하는 것, 직접 눈을 마주치지 않는 것 등 기본적인 안전 수칙들을 배웠다. 각각의 유기견의 특징과 주의해야 할 점들을 파악하여 안전하고 효과적인 봉사활동을 할 수 있도록 교육받았다. 올바른 소통을 위한 중요한 과정이었다. 특히, 보호소 직원분이 말한 "유기견은 버려진 상처로 인해 공격적인 행동을 보일 수 있지만, 인간의 따뜻한 손길과 사랑으로 다시 희망을 찾을 수 있다."라는 말은 지금도 생생하게 기억난다. 개들을 안전하게 다루는 방법을 배우는 동시에, 그들의 상처를 이해하고 공감하는 계기가 되었다. 안전 교육을 마친 후, 마침내 50여 마리의 유기견들과 직접 소통할 기회를 얻었다. 천천히 문을 열고, 조심스럽게 안으로 들어가 보았다. 좁은 공간 속에서 서로 옹기종기 모여 생활하고 있었다. 낯선 환경과 홀로 남겨진 외로움에 겁먹은 듯 떨고 있는 유기견들. 그들 눈빛에는 두려움, 불안, 그리고 희미한 기대감이 공존했다. 혹시 나를 데려갈 사람일까? 다시 사랑받을 수 있을까? 무책임한 주인에 의해 버려진 슬픔, 따뜻한 가족을 그리워하는 마음, 그리고 다시 사랑받고 싶은 간절한 소망이 있었다. 봉사자들과 나는 견사 안을 천천히 걸으며 교육받은 안전 수칙들을 유의하며 조심스럽게 한 마리씩 쳐다봐 주고, 간식을 나눠주었다. 혹시라도 내 따뜻함이 그들의 상처를 조금이나마 위로해 줄 수 있기를 바라며.

보호소에서의 하루는 정해진 일정에 따라 진행되었다. 점심시간인 12시~1시를 제외하고 오전 9시부터 오후 4시까지 진행되었다. 아침 일찍 도착하여 청소와 밥 주기부터 산책, 목욕, 놀이 시간까지, 유기견들의 하루를 책임지는 것이 봉사자들의 역할이었다. 가장 먼저 맡은 일은 설거지였다. 찬물에 손이 꽁꽁 언 채 힘들었지만, 깨끗한 밥그릇에 담긴 따뜻한 음식을 맛있게 먹는 모습을 보니 그 어떤 따뜻한 난로보다도 마음이 따스해지는 것을 느꼈다. 설거지를 끝낸 후 봉사자들의 안내에 따라 견사 안으로 들어갔다. 보호소 환경을 깨끗하고 건강하게 유지하기 위해 먼저 청소와 소독 작업을 했다. 개들이 사용하는 공간을 깨끗이 청소하고, 배변물을 치우고, 소독제를 뿌려 살균했다. 개들에게 사료와 물을 제공하며, 건강 상태를 확인했다. 찬물에 젖은 손이 쓰리고, 아팠지만 유기견들의 건강을 위해 참아내야 했다. 먼지가 가득 쌓인 우리 속에 웅크리고 앉아 있는 그들의 모습은 깊은 책임감을 느끼게 했다. 집에서 행복하게 지내는 우리 미키가 생각났다. 미키처럼 이 아이들도 따뜻한 가정에서 사랑을 받으며 행복하게 지낼 수 있었으면 하는 마음에 마음이 찡했다. 빗질하면서 엉킨 털을 풀어주고, 충분한 영양분을 얻지 못해 뚝뚝 끊어 떨어지는 털을 보며 그들의 외로움과 슬픔을 가슴으로 느꼈다. 각각의 강아지들과 눈을 마주치며 그들의 이야기를 들어보고 싶었다. 왜 버려졌는지, 어떤 삶을 살아왔는지, 앞으로 어떤 꿈을 꾸고 있는지.

가장 기대했던 산책 시간이 다가왔다. 개들에게 희소한 행복의 순간이었지만, 대부분의 개는 이 기회를 얻지 못했다. 사람에게 친근하고 경계심 없는 아이들만 간신히 밖으로 나갈 수 있었다. 다음 산책은 언제일지 알 수 없는 기다림 속에서 견사에서 죽는 순간까지 땅을 못 밟아보는 개들도 있다는 이야기는 씁쓸했다. 밖으로 나온 개들은 처음 느끼는 자유에 흥분을 감추지 못했다. 오랜만에 햇살을 느끼고 푸른 하늘 아래를 뛰어다니는 모습은 너무나 기쁘고 활기 넘쳤다. 15분에서 30분의 짧은 시간이었지만, 유기견들의 눈빛이 조금씩 밝아지는 것을 느낄 수 있었다. 유기견만의 진정한 소확행(작지만 확실한 행복의 줄임말), 그 작은 행복조차도 당연하지 않은 유기견들에게는 큰 위로가 되었을 것이다.

보호소에서의 점심시간은 특별했다. 직원분들이 직접 밥을 지어서 봉사자들과 함께 나누었다. 푸짐한 김치찌개와 밥, 그리고 다양한 김치, 계란프라이, 소시지 반찬과 밥솥 뚜껑을 열 때마다 퍼져 나오는 따끈한 김과 함께 쌓이는 훈훈한 분위기. 서로의 손맛을 칭찬하며 나누는 소박한 식사는 유기견 보호소의 따뜻한 온기를 더욱 깊게 느낄 수 있는 시간이었다. 메뉴는 간단했지만, 마치 가족처럼 함께 식사하는 따뜻한 분위기였다. 밥을 먹으면서 서로의 이야기를 나누고, 유기견들에 대한 정보를 공유하며 봉사활동에 대한 열정을 확인했다.

봉사활동은 생각보다 훨씬 힘들었다. 보호소에는 봉사자들이 없다면 2~3명의 직원이 수많은 개를 돌봐야 하는 현실이었다. 먹이 주기, 청소, 산책 등 쉴 틈 없이 분주히 일하는 모습을 보며 깊이 감동했다. 힘든 노동과 정신적인 피로까지, 이보다 헌신적인 일은 없을 것이다. 그리고 제일 나를 힘들게 했던 건 악취였다. 만성 비염인의 꽉꽉 막힌 코를 뚫고 들어온 악취, 내 코에도 찌르는 냄새는 후각이 예민한 개들이 악취 속에서 어떻게 버티고 있는지 생각하니 가슴이 아팠다. 그런데도 개들은 그 속에서 희망을 잃지 않고 하루하루를 살아가고 있었다. 그들의 끈기와 강인함에 감탄하며, 앞으로 더 많은 사람들이 유기견 보호에 관심을 두고 참여해 주기를 바라게 되었다.

수많은 유기견을 만나고 헤어지는 보호소 봉사활동은 쉽지 않지만, 그만큼 보람찬 경험이다. 가장 기억에 남는 두 마리의 강아지가 있다. 바로 노견 몰티즈와 대형견 사모예드다. 처음 몰티즈를 보았을 때는 다른 개들과는 확연히 다른 모습에 눈길이 갔다. 다른 개들이 활발하게 뛰어다니고 짖는 와중에, 홀로 조용히 견사에 몸을 웅크리고 앉아 있었다. 다가가 보니 흐릿한 눈망울과 흰 털 사이로 드러난 주름진 피부는 세월의 흔적을 느끼게 했다. 과연 어떤 삶을 살아왔을까? 사랑하는 가족과 헤어지게 된 이유는 무엇일까? 천천히 다가가 조심스럽게 말을 걸었지만, 반응하지 않았다. 그저 떨리는 몸을 움직이지 않았다. 보호소 직원분에게 물어보니, 한때 사랑받는 반려견이었다고 했다. 하지만 나이가 들고 병이 생기면서 버려져 보호소에 들어오게 되었고, 아직도 낯선 환경에 적응하지 못하고 있다고 했다. 가족과 함께했던 행복했던 기억과 갑작스럽게 버려진 외로움, 그리고 낯선 환경에 대한 두려움이 몰티즈를 이렇게 만들었을 것이다. 늙고 병약한 몰티즈는 새로운 가족을 찾기가 쉽지 않다고 했다. 흠칫 놀라는 작은 몸짓 하나에도 마음이 아팠고, 혹시라도 나의 작은 관심과 따뜻함이 그의 마음에 작은 위안이 되기를 바랐다. 짧은 만남이었지만 몰티즈의 공허한 눈빛은 잊히지 않는다.

　사모예드는 내가 처음 만난 대형견이었다. 거대한 체구가 처음에는 다소 위협적으로 느껴졌지만, 사실 세상에서 가장 친절하고 장난기 많은 개였다. 처음 보호소에 왔을 때, 재빠르게 뛰어나와 나에게 몸을 비벼왔고, 혀로 핥아서 침으로 내 머리를 거의 감긴 적도 있다. 엄청난 에너지와 활기 넘치는 그의 모습은 보호소 분위기를 밝게 만들어주는 존재였고, 봉사자에게 사랑받는 최고의 친구였다. 누구에게나 다가가 핥아주고, 꼬리를 흔들며 언제나 웃음을 선사하는 사모예드의 눈빛 속에는 깊은 외로움이 감추어져 있었다. 그의 모든 행동에는 사랑받고 싶은 간절한 마음이 스며 있었다. 함께 산책할 때는 힘찬 힘에 이끌려 끌려가기도 했지만, 그만큼 즐겁고 쾌활한 시간을 보낼 수 있었다. 내가 던진 공을 받아주고 함께 뛰어놀며 순수한 기쁨을 느꼈다. 사모예드를 만나기 전까지 대형견이 무섭고 공격적인 존재라고 생각했다. 하지만 함께 시간을 보내면서 생각은 완전히 바뀌었다. 사모예드는 작은 아이들에게도 친절하고 다정했으며, 낯선 사람들에게도 꼬리를 흔들며 반갑게 맞이했다. 대형견에 대한 편견을 깨뜨려주었다. 오히려 거대한 체구 속에 숨겨진 따뜻한 마음에 감동하고, 순수함에 매료된다. 사모예드는 내게 대형견의 매력을 알려준 특별한 친구였다. 사모예드는 그 후 새로운 가족을 만났을까? 그의 사랑스러운 모습을 보고 진심으로 사랑해 주는 가족을 만났다는 믿음이 든다. 순수하고 장난기 넘치는 모습은 제 마음속에 영원히 기억될 것이다.

몰티즈와 사모예드는 서로 다른 모습이었지만, 모두 버려짐의 아픔을 안고 있다. 보호소에서 만난 모든 개는 내 마음속에 깊은 자리를 남겼다. 유기견들은 각자의 이야기를 가지고 있다. 우리는 그들의 이야기에 귀 기울이고, 그들에게 따뜻한 손길을 내밀 필요가 있다. 보호소에서 만난 두 친구의 사연은 우리에게 많은 것을 생각하게 한다. 유기견은 버려진 과거의 상처를 안고 살아가지만, 그들의 마음속에는 여전히 사랑과 행복에 대한 갈망이 존재한다는 것을 말이다. 봉사활동을 통해 봉사 시간을 인정받았지만, 봉사 시간을 채우는 것보다 더 큰 의미를 얻었다. 처음 유기견 보호소에 발을 들였을 때, 낯선 환경에 겁먹은 개들의 울음소리와 낯선 눈빛은 잊을 수 없는 기억으로 남았다. 유기견 봉사활동을 통해 나는 많은 것을 배우고 느꼈다. 버려진 아이들의 슬픔과 외로움을 직접 느끼며 동물에 대한 책임감과 보살핌의 중요성을 강하게 느꼈다.

유기견들의 처절한 현실을 직접 목격하면서 마음의 문을 여는 경험을 했다. 단순한 봉사활동이라는 생각으로 시작했던 경험은 유기견의 삶과 보호소 현실에 대한 깊은 고민으로 이어졌다. 현대 사회에서 반려동물은 우리

삶의 중요한 동반자가 되었지만, 안타깝게도 매년 수많은 동물이 버려지고 있다. 2023년 기준, 약 11만 마리의 유기견이 보호소에 입소하며, 이는 하루 평균 300마리 이상의 유기견이 버려진다는 충격적인 현실이다. 무책임한 유기, 경제적 어려움, 질병이나 노령, 새로운 반려동물 입양 등 다양한 이유가 있지만, 근본적인 문제는 무책임한 반려동물 유기 문화와 부족한 사회적 인식이라는 생각이 든다. 버려진 동물들을 위한 안식처 역할을 하는 유기견 보호소는 그들의 생존과 건강, 그리고 새로운 가족을 만날 수 있도록 중요한 역할을 하지만, 부족한 시설과 인력, 자금 부족 등으로 인해 많은 보호소가 어려움을 겪고 있다. 이러한 어려움 속에서 보호소 운영자들은 헌신적으로 노력하고 있지만, 현실적인 문제들은 해결되지 않은 채 남아 있다. 유기견 문제 해결의 방법으로 제기되는 안락사도 매우 민감한 주제 중 하나이다. 매년 수천 마리의 개들이 버려지고 대부분 안락사라는 비극적인 결말을 맞이한다는 사실은 안타까운 현실이다. 생명의 존엄성을 생각할 때 안락사가 비윤리적이라는 주장도 있지만, 현실적으로 부족한 보호시설 환경과 지속적인 유기견 증가는 안락사라는 선택을 완전히 배제할 수 없게 만든다. 하지만 안락사는 근본적인 해결책이 될 수 없다. 생명 존중의 가치를 무시하고, 문제를 외면하는 방식이기 때문이다. 적극적인 입양 활동, 동물 보호 정책 강화, 그리고 무엇보다 책임감 있는 반려동물 문화 확산이 필요하다는 생각이 든다.

이러한 현실 속에서 유기견에 관심을 가져야 하는 이유는 바로 그들의 존재 자체가 소중하기 때문이다. 모든 생명은 존중받을 가치가 있다. 유기견들은 인간의 이기심으로 버려졌지만, 그들도 사랑과 보살핌을 받을 자격이 있는 생명체이다. 반려동물은 단순한 오락거리나 장난감이 아니다. 삶의 동반자이며, 가족의 일원이다. 그들을 가족으로 맞이하기 전에 충분한 준비와 책임감을 가져야 한다. 반려동물을 키우는 것은 경제적 부담뿐만 아니라 시간과 정신적 노력이 필요하다. 충동적인 입양보다는 깊은 고민과 준비가 필요하고 그들의 삶을 책임지고, 끝까지 사랑할 수 있는 마음가짐을 가져야 한다.

나는 지금도 틈틈이 유기견 보호소 봉사활동을 지속하고 있으며, 후원을 통해 유기견들의 먹이와 생활필수품을 지원하고 있다. 봉사활동 시간은 많지 않지만, 내가 나누어 주는 따뜻한 사료 한 알, 산책을 통한 자유의 맛, 부드러운 쓰다듬기와 사랑스러운 속삭임. 그 모든 것이 유기견들에게는 큰 위안이 되기를 바란다. 유기 동물들이 행복하게 살아갈 수 있도록, 앞으로도 나만이 할 수 있는 작은 노력을 이어갈 것이다. 유기견에 대한 관심은 단순한 호기심에서 비롯되었지만, 이제는 유기견이 처한 현실을 개선하기 위해 할 수 있는 일을 찾고자 한다. 이제 나는 사람들에게 동물을 입양할 때 동물 보호소를 먼저 고려해 보라고 권한다. 펫샵의 반짝이는 유리창 너머로 보이는 귀여운 강아지들도 분명 매력적이지만, 동물 보호소에서 기

다리고 있는 생명들에게 새로운 기회를 주는 것이 얼마나 중요한지 이제는
알고 있다.

미키가 나에게 준 가장 소중한 선물은,

가족이 될 준비가 되어 있는 생명체의 가치는

어디에 있든 변함없다는 깨달음이다.

다시
사랑할 용기

　사랑하던 강아지가 세상을 떠난 후, 세상은 흑백으로 물들었다. 무엇을 해도 허전하고, 텅 빈 마음속에 희망이라는 빛조차 찾을 수 없었다. 매일 눈물로 시작하고 눈물로 끝나는 하루하루. 그리움이 마음을 짓누르고, 빈자리가 너무 크게 느껴졌다. 조금이라도 이 아픔을 극복하자는 마음으로 의미 있는 일을 하자 싶었다. 내가 잘하는 일이 뭐가 있을까 생각해 봤는데 동물을 보살피는 일이 떠올랐다. 평소에 관심 있던 유기견들의 임시 보호 봉사활동을 결심했다. 작은 생명에게 새로운 시작을 줄 수 있다면, 내 마음도 조금은 나아지지 않을까 하는 희망으로.

　임시 보호는 보호소에 있는 유기견이 입양될 때까지 일시적으로 돌봐주며 새로운 가족을 찾을 수 있도록 도와주는 활동이다. 유기견을 돌보며, 그들의 아픔을 함께 나누고, 따뜻한 보금자리를 만들어주고 싶은 마음이 생겼다. 그렇게 임시 보호할 강아지를 찾아보기 시작했다. 처음에는 어떤 동물을 맞이할지 막막했다. 매일 인스타그램을 둘러보는 것이 습관이 되었다. 수많은 강아지와 고양이의 사진을 보며 고민했다. 스마트폰 화면을 스크롤 하다 우연히 눈에 들어온 한 장의 사진. 검은 곰처럼 몽환적인 눈빛을 가진 강아지가 있었다. 낡은 담요에 웅크리고 앉아 떠는 모습은 안타까움을 자아냈다. 사진 캡션에는 '곰이, 임시 보호 가족 모집'이라는 짧은 문구가 적혀 있었다. 곧바로 메시지를 보냈다.

"안녕하세요! 곰이 임시 보호하고 싶어서 연락드립니다. 3개월 이상 가능합니다. 임시 보호 조건이 어떻게 되나요?"

"안녕하세요! 곰이 임시 보호 문의주셔서 감사하지만, 오늘 오전에 임보(임시 보호의 줄임말)자분이 나타나셔서 임보가 확정되었습니다."

"아 정말요? 그래도 구해서 다행입니다. 수고하세요."

이미 다른 사람이 임시 보호를 결정한 상태였다. 아쉬움에 물러서려는 그때, 구조자분이 다른 강아지를 제안했다.

"보호소에 임보가 필요한 다른 아이들도 있는데, 어려우시겠지요? 룩이라는 아이인데, 곰이랑 같이 있었는데 이 아이만 혼자 못 나왔어요."

그렇게 말하며 한 아이의 사진을 보냈다. 그렇게 받은 사진 속에는 텅 빈 눈을 한 검은 색과 흰색이 섞인 젖소 무늬 얼룩 바둑이가 있었다. 당시 3개월 정도 된 암컷 강아지로, '룩이'라는 임시 이름으로 불리고 있었다. 외모가 그리 튀지 않아 아직 임보자를 구하지 못하고 혼자 견사에 남아 있다며 구조자는 나에게 도움을 요청했다. 사진 속 룩이는 꼬질꼬질한 털에 먼지가 묻어 있었고, 겁에 질린 표정으로 카메라를 바라봤다. 마치 나에게 "저를 데려가 주세요. 저를 사랑해 주세요."라고 말하는 것 같았다. 다른 강아지들이 떠난 견사에서 혼자 남겨졌지만, 꿋꿋하게 버티고 있었다. 바둑이의 첫인상은 그렇게 내 마음에 깊이 새겨졌다. 애초에 정해놓고 임보 아이를 구한 게 아니었다. 제일 입양을 못 갈 것 같은 아이를 임보하는 것이 내계획이었다. 품종 유기견, 하얗고 자그마한 아이들은 금방 입양을 잘 갈 것이다. 하지만 룩이처럼 독특한 아이, 검은 개, 커다란 아이들은 어쩌면 저 작은 철장 안에서 한 발짝도 나오지 못하고 생을 마감할지도 모르는 일이다. 그런 아이들에게 세상의 햇빛을 한 번 더 보여주는 것, 그것이 내가 임시 보호를 시작하는 이유이니까!

"다른 아이도 괜찮습니다."

"룩이는 곰이랑 같은 견사에 있던 아이라 파보, 코로나 장염 가능성이 있어요. 오늘 보호소에 가서 아이 상태 확인하고 연락드려도 될까요?"

"네, 연락주세요!"

하지만 룩이가 희미하게 코로나 장염 양성이라는 연락을 받아, 바로 치료를 받아야 했기 때문에 임보할 수 없었다. 다른 강아지들을 찾아보았지만, 모두 불발이었다. 마음 한구석이 점점 더 무거워지던 그때, 처음 봤던 검은 강아지 '곰이'의 임시 보호가 취소되었다는 소식을 접했다. 다시 연락을 시도했지만, 또 다른 사람이 예약한 상태였다. 구조자가 다른 강아지를 추천해 주며 "이 강아지는 어떠세요?"라고 물었다. 나는 상관없다고 대답했고, 사진을 보내주었다. 처음에 제안받았던 바로 그 얼룩 바둑이 강아지 '룩이'였다. 원래 치료를 받다가 임시 보호자가 정해졌었는데, 사정으로 인해 취소되었고 급히 새로운 보호자를 찾고 있었다고 했다. 사진 속 바둑이의 눈빛은 마치 나를 기다리고 있는 듯했다. 룩이도 나처럼 누군가를 잃어버린 아픔을 겪고 있으니, 룩이를 임보하게 되면, 나도 룩이도 아픔을 함께 극복할 수 있을 것 같았다. 룩이가 다른 강아지처럼 행복하게 지낼 수 있도록, 내가 할 수 있는 일을 해주기로 결심했다.

바둑이와의 만남은 운명 같았다. 처음엔 다른 강아지를 원했지만, 결국 얼룩 바둑이 '룩이'를 만나게 된 것은 우연이 아니었다. 운명의 실타래가 이어지는 순간이었다.

스토리+

완료(입양)

[개] 믹스견

암컷/ 검정+흰색/ 2021(년생)/ 2(Kg)

- · 공고번호 : 충남-홍성-2021-00064
- · 공고기간 : 2021-02-08 ~ 2021-02-15
- · 발견장소 : 결성면 용호리 165
- · 특이사항 : 2개월령
- · 보호센터 : 금일동물보호센터 (Tel: 010-5432-5665)
- · 담당부서 : 충청남도 홍성군청 (Tel: 041-630-1727)

잠시,
너의 가족이 되어줄게

　엄마 몰래 진행했던 임시 보호 프로젝트. 버려진 동물들을 돌보는 일이 짧은 인연일 뿐이라고 생각했기 때문에 쉽게 허락해 줄 거라고 생각했다. 처음에는 단순한 봉사활동이라고 생각했지만, 그 작은 계획이 나의 인생을 송두리째 바꾸어놓을 줄은 몰랐다. 임시 보호 활동에 첫발을 내딛는 순간, 작은 생명을 지켜내야 한다는 강한 책임감이 나를 앞으로 나아가게 했다. 나의 강한 추진력과 책임감이 빛을 발하는 순간이었다. 구조자는 나의 긍정적인 대답에 기쁘게 임시 보호 신청을 받아주었다. 코로나 장염 치료와 기초접종, 배변 훈련까지 해야 할 일이 많았지만, 흔쾌히 수락했다.

　"현재 룩이가 코로나 장염만 희미하게 양성이어서, 약만 제시간에 먹여주시면 되고, 아직 배변 훈련도 안 돼 있어서 배변 훈련 등 기본적인 훈련을 시켜주셔야 해요."

　"그럼, 룩이 기초접종도 시작해야 하나요?"

"네, 현재 코로나 장염 치료 중이고 구충제, 심장 사상충 약 먹이고 보낼
게요. 그리고 입양 홍보는 직접 하셔야 하는데 괜찮으신가요?"

"네, 괜찮습니다."

"인천이면 일요일에 이동봉사가 가능하다는 분이 계시는데, 직접 오시는
건가요?"

"차로 이동이 가능하긴 한데, 이동봉사자분께 룩이 이동을 부탁드려도
될까요?"

"그럼요. 이동 봉사자님께 연락드려볼게요."

"네, 감사합니다."

"그리고 임시 보호도 잠깐이지만 소중한 생명을 책임지는 일이기 때문에
임보 신청서를 작성 부탁드립니다."

　　임시 보호 신청은 쉽지 않은 과정이었다. 임시 보호는 단순히 귀여운 강
아지를 집에 데려와 체험하는 것이 아닌 새로운 가족을 찾아줄 때까지 책
임감 있게 돌보고 훈련하며, 건강을 관리하는 중요한 역할을 한다. 임시 보
호에는 시간과 경제적 비용도 따랐다. 강아지를 돌보는 데 필요한 시간을
확보해야 했고, 예상치 못한 수의사 비용 등을 감당할 수 있는 경제적 여유
도 필요했다.

　　신청서에 개인 기본 정보와 강아지를 키운 과거 이력, 같이 사는 강아지

의 유무, 가족 구성원, 임시 보호 사유, 강아지 관리 계획과 강아지가 살 환경(자가, 월세, 전세 등), 집 사진과 영상, 주변 환경 사진, 서약, 환경 등 까다로운 심사 기준을 통과해야 했다. 월세나 전세의 경우, 집주인의 동의가 필요할 수 있기 때문이다. 꼼꼼한 서류 심사와 면접을 거쳐야 했고, 강아지 돌봄에 대한 지식과 경험을 입증해야 했다. 마지막으로 임시 보호 기간 동안 발생하는 모든 비용은 임시 보호자가 책임져야 한다는 확인 서명을 하고 신청 서류를 보냈다. 이후 구조자와 면담을 통해 준비한 임시 보호 공간과 계획을 제시했고, 강한 책임감과 애정을 가지고 임시 보호에 임할 것이라는 다짐을 했다. 처음에는 저렇게까지 상세하게 대답해야 하나? 하고 부담스럽기도 했지만, 동물을 책임감 있게 돌보는 임시보호자로서 자질을 갖추어야 한다는 것을 느꼈다.

면접 후 며칠 동안 답변을 기다리는 시간은 쉽지 않았다. '혹시 내가 부족한 부분이 있었나?', '내가 정말 좋은 임시 보호자가 될 수 있을까?' 끊임없이 떠오르는 질문들에 불안감을 느꼈다. 하지만 동시에 강아지와 함께할 날을 기대하며 설렘으로 가득했다. 그리고 드디어, 기다리고 기다리던 소식이 도착한다. '룩이'를 임시 보호하게 된 것이다. 설렘과 기대감으로 가득 찬 마음으로, 새 친구 맞이를 시작했다. 임시 보호 기간 동안 지켜야 할 규칙들이 많았다. 강아지의 건강과 안전을 위해 정기적인 병원 방문, 활동량 조절, 사료와 간식 관리 등 세심한 관찰이 필요했다. 그리고 중요한 일이

하나 남아 있었다. 엄마 모르게 신청했던 임시 보호, 룩이를 데리고 올 준비를 하며 엄마에게 숨기고 있던 이 사실을 털어놓을 용기를 내기까지 얼마나 고민했는지 모른다.

"엄마, 사실 엄마 모르게 강아지 임시 보호 봉사를 신청했어."

말을 꺼내자, 엄마의 눈빛은 쌀쌀했다. 엄마는 잠시 말없이 나를 바라보다가 한숨을 내쉬셨다.

"또 강아지? 이렇게 갑자기 데려오면 어떡해?"

두려웠지만 이미 결심한 일이었다. 미키가 떠난 지 얼마 되지 않았고, 엄마의 우려도 이해됐지만, 룩이의 불쌍한 처지를 숨길 수 없었다. 용기를 내어 룩이가 어떻게 버려졌는지, 지금까지 어떤 어려움을 겪었는지 솔직하게 이야기했다. 엄마는 잠시 말없이 나를 바라보다가 한숨을 내쉬셨다.

"계속 키우는 거 아니고 우리가 돌보다가 다른 좋은 곳에 입양 보낼 거야, 아직 어려서 보호소에서 병에 걸려 죽을 수도 있어, 불쌍하잖아."

곧 엄마의 표정이 누그러졌다.

"알겠다. 그래, 우리가 잠시 돌봐주는 것도 좋겠네. 하지만 너무 오래 키우면 정들 수 있으니 잘 생각해 봐야 해."

그렇게 새끼 강아지를 맞이할 준비가 한창이었다. 집안 곳곳을 청소하고, 강아지 전용 침대와 장난감, 배변 패드 등을 구비했다. 강아지의 건강과 습관을 세심하게 관리하기 위해 털 빗, 귀 세정제, 강아지 치약, 개 껌 등 필요한 용품들도 꼼꼼히 준비했다. 언젠가 룩이가 자신의 영원한 보금자리를 찾게 될 날, 내 마음속 작은 행복이 점점 커져갈 것이다.

이 작은 생명이 행복한 미래를 맞이할 수 있도록,
그 아름다운 여정을 함께할 것이다.

🐾 순무의 일기: 보호소에서의 생존기

엄마 품이 그립고 따뜻했던 기억이 아른거리지만, 언제 어떻게 헤어졌는지 잘 모르겠어요. 엄마를 따라가다가 놓쳐버린 것 같아요. 어느 날 눈을 떠보니 혼자 낯선 곳에 있었어요. 먹을 것도 없고 추운 날이면 몸이 떨렸어요. 그렇게 길을 헤매다 만난 어떤 사람들이 나를 데리고 왔어요. '보호소'라고 불리는 곳이었어요.

처음엔 친구들도 있고 먹을 것도 주니까 좋았어요. 하지만 여기에 오래 있으면 영원히 잠들게 된다는 이야기를 듣고는 너무 무서워졌어요. 다른 친구에게 "여기 왜 있는 거야?" 하고 물어보니 여기서 데리고 나가 줄 사람을 기다리고 있다고 했어요. 하지만 기다려도 아무도 나를 데리고 가지 않았어요.

어느 날 흰둥이가 잠에서 깨어나지 않았어요. 발로 툭툭 쳐봐도, 입으로 살짝 깨물어도 계속 누워 있었어요. 큰 소리로 흰둥이를 불렀지만, 사람들이 와서 흰둥이를 데리고 갔고 다시는 돌아오지 않았어요. 검둥이 친구도 배가 아프다며 울부짖었어요. 사람들이 그 강아지도 데리고 갔지만 또다시 돌아오지 않았어요. 같이 들어온 친구들이 하나둘 떠나가고 나만 혼자 남게 되었어요. 점점 겁이 났어요. 밖으로 나가면 또 어떤 일이 일어날지 모르겠지만 나가고 싶어요. 엄마를 다시 만날 수 있을지, 새로운 가족을 만날 수 있을지 정말 걱정돼

반려하시겠습니까

요. 이 보호소에서 영원히 잠들게 될까 봐 너무 무서워요. 이제 나도 배가 아파요. 나는 어떻게 되는 걸까요?

따뜻했던 엄마 품이 정말 그리워요. 언젠가는 엄마를 다시 만날 수 있겠죠? 외롭고 힘들지만 나는 포기하지 않을 거예요!

나는 강해요. 배가 아프고 외롭지만, 견뎌낼 수 있어요.

나는 똑똑해요. 보호소에서 살아남는 방법을 배울 거예요.

나는 용감해요. 무서운 일이 있어도 울지 않아요.

나는 믿어요. 내 이야기를 들어줄 사람, 나를 도와줄 사람이 나타날 거라고요.

그리고 행복한 새 가족과 함께 따뜻한 집에서 살 거예요. 그날을 꿈꾸며 용기를 가지고, 희망을 품고, 오늘을 열심히 견디며 멋지게 기다릴 거예요!

어서 와!
우리 집은 처음이지?

2월 28일 일요일, 임시 보호 강아지를 데려오는 날. 우리 집에 미키 말고 다른 강아지가 오는 것은 처음이다. 차가 없거나 이동이 어려운 사람들을 위한 이동 봉사자분이 룩이를 데리고 홍성에서 인천, 우리 집 앞까지 와주셨다. 드디어 기다리던 전화가 울렸다. 설레는 마음으로 현관문을 열고 나가니, 봉고차 한 대가 서 있었다. 밝은 미소를 지으며 이동 봉사자분은 따뜻한 눈빛과 부드러운 목소리로 우리를 맞이해 주셨다. 이동 봉사자분께 감사 인사를 나누고, 작은 가방 안에 조심스럽게 들어 있는 아기 강아지를 바라보았다. 먼 거리 이동에 멀미하지 않고 잘 와줬을까 걱정되었다.

룩이를 건네받은 순간, 눈시울이 뜨거워졌다. 오랜만에 느끼는 따뜻한 온기였다. 작은 가방에서 얌전히 나오는 어린 강아지는 낯선 환경에 조금 어색했지만, 곧바로 우리 가족에게 다가와 꼬리를 살랑살랑 흔들며 인사를 건넸다. 마치 오랜만에 돌아온 집처럼 이리저리 뛰어다니며 기뻐하는 모습은 미키가 다시 돌아온 것만 같았다. 내가 낯설지도 않은 지, 뽀뽀하며 다정하게 인사를 건네는 룩이. 낯선 장소도, 사람도 무섭지 않은 룩이는 정말 가벼운 성격을 가진 강아지였다.

"뭐 이런 강아지가 다 있지?"

그 순수하고 사랑스러운 인사에 룩이를 품에 안고 말없이 웃었다. 오랜만에 느끼는 따뜻한 생명체의 존재감에 가슴이 벅차올랐다. 그동안 외롭게 지내왔을 룩이가 드디어 보호소를 나와 행복해하는 모습에 가슴이 따뜻해지며 눈시울이 뜨거워졌다. 룩이는 나와 동생, 엄마에게 차례로 뽀뽀 인사를 했다. 그렇게 정신없는 인사를 마치고 나서야 여린 몸을 살펴봤다. 보호소 생활의 고단함이 곳곳에 묻어 있었다. 코로나 장염에 걸렸던 룩이의 몸에는 설사 흔적이 남아 있었고, 고생의 냄새가 났다. 몸은 뼈밖에 없을 정도로 말랐고, 털도 거칠어져 있었다. 이렇게 작고 어린 강아지가 그런 환경에서 버틸 수 있었을까 싶어 안타까웠지만, 룩이의 용감함에 감탄했다.

집에 오자마자 고생의 흔적을 씻겨주었다. 목욕해도 냄새가 쉽게 빠지지 않았다. 고된 경험으로 인해 몸 곳곳에 묻어버린 냄새를 지우기 위해 세심하게 씻겨주는 동안, 룩이는 마치 오랜만에 따뜻한 관심을 받는 듯 어리둥절한 눈빛으로 나를 바라보았다. 비누칠을 두 번이나 해야 겨우 냄새가 사라졌다. 씻김이 끝난 후, 맛있는 사료와 푹신한 쿠션을 준비했다. 배가 고팠는지 한 그릇의 사료를 뚝딱 먹어 치웠다. 새로운 집에 적응하듯 열심히 집안을 둘러보며 낯선 환경에 익숙해지려 노력했다. 동생과는 금방 친해져 함께 장난감을 가지고 놀거나 따뜻한 쿠션에 누워 편안한 단잠에 빠졌다. 하지만 아직 불안감은 남아 있었던 듯, 우리가 움직일 때마다 벌떡 일어나 빨개진 눈으로 주변을 살폈다.

작은 목소리로 앙증맞게 울먹이는 소리에 눈을 떴다. 내 침대 옆에 잠자리를 마련해 주었는데, 룩이가 불안한 듯 몸을 뒤척이고 있었다. 우리 집에 온 지 첫날이라 낯선 환경에 불안해하는 건 당연한 일이었다. 미지의 공간에 홀로 남겨진 작은 존재, 조심스럽게 룩이를 안아주고 다독여주었다. 따뜻한 체온과 부드러운 털, 그리고 촉촉한 코끝이 내 손바닥에 스쳤다. 처음에는 떨리는 목소리로 앙앙거렸지만, 계속 안아주고 말을 걸어주자 점차 안정을 되찾는 듯 몸짓이 부드러워졌다. 시간이 흐르면서 룩이의 숨은 점점 가라앉았고, 조용한 코골이 소리가 들려왔다. 룩이가 잠든 후, 나는 오랫동안 잠들지 못했다. 낯선 이불 속에서 룩이를 안고 있었지만, 내 마음은 이미 먼 과거로 날아가 있었다. 미키가 처음 우리 집에 온 날도 똑같았다. 낮에는 룩이처럼 온 집안을 뛰어다니며 놀다 밤이 되니 불안에 떨며 앙증맞게 울었다. 미키를 꼭 안아주며 위로했고, 시간이 지나자 미키는 편안하게 잠들었다. 작은 손길에 떨리는 몸, 따뜻한 체온, 그리고 촉촉한 코끝.

모든 것이 미키와 겹쳐졌다. 룩이를 보면 미키가 떠올라 괴롭기도 했지만, 다시 이런 감정을 느낄 수 있다는 사실에 감사함도 느꼈다. 분명 룩이가 눈 앞에 있었지만, 눈을 감으면 미키의 모습이 보였다. 두 마리의 작은 존재가 내 삶에 남긴 따뜻한 추억들이 겹쳐졌다. 미키가 떠난 후 텅 빈 공간이 룩 이라는 새로운 따뜻함으로 채워지는 것을 느꼈다.

작은 목숨 하나가 내 품에 안겨 잠들어 있는 행복, 그 따스한 숨결은 나 에게 더 이상 외롭지 않다는 것을 속삭였다. 룩이의 작은 코골이 소리에 귀 기울이며, 그리움에 감싸여 깊은 잠에 빠져들었다.

"어서 와, 우리 집에 온 걸 환영해."

개 육아 베테랑의
두 번째 이야기

배변 교육은 개를 키우는 과정에서 기본이자 필수적인 단계 중 하나이다. 첫 강아지 미키와의 배변 훈련은 8개월이라는 긴 시간 동안 좌절과 감동의 연속이었다. 처음에는 책과 인터넷에서 알려주는 소변을 패드에 묻혀 놓기, 성공하면 간식으로 보상하기, 패드 위에서 밥 먹이기 등 방법을 시도했지만, 미키는 훈련 적응에 더 많은 시간이 필요했다. 집안 어디서나 실수하는 것을 보고 화가 나기도 했다. 배변 패드를 놀이 용품이라고 생각했는지, 씹고 뜯으며 장난을 쳤다.

집안에 여러 곳에 배변 패드를 배치했음에도 불구하고, 미키는 패드를 완전히 무시하고 이불, 카펫 심지어 내 침대에도 실수를 반복했다. 매일 이불 빨래를 하고, 엄마한테 미키가 혼날까 봐 소변이 묻은 이불을 덮고 잔 적도 있다. 집안 곳곳이 화장실이 되어버렸다. 특히 어려웠던 부분은 밤에 배변하는 것이다. 밤에 화장실을 가다가 아무 데나 싼 미키의 소변을 밟은 적도 많았다. 이런 상황이 반복되자 나는 미키를 더 자주 관찰하며 배변 신호를 파악하기 시작했다. 배변할 때마다 즉시 배변 패드를 미키의 엉덩이 쪽으로 옮겨서, 그곳이 올바른 장소임을 알려주려고 노력했다.

8개월이 지나도록 큰 진전은 없었지만, 계속 훈련했다. 어느 날, 거실에서 텔레비전을 보고 있는데 우연히 미키가 화장실 안으로 들어가는 모습을 봤다. 처음에는 무슨 장난을 치려나 조심스럽게 따라갔는데, 미키가 화장실 안에서 소변을 보는 것을 보고 있었다. 순간 놀랐지만 즉시 간식을 주며 칭찬하고 보상해 주었다. 화장실에서 배변하게 된 이유를 정확히 알 수는 없지만! 드디어 화장실 훈련에 성공했다. 그 순간부터, 화장실 문을 항상 열어두고, 화장실을 사용할 때마다 적극적으로 칭찬을 해주었다. 미키는 점차 화장실을 배변 장소로 인식하기 시작했고, 자연스럽게 화장실을 찾아가게 되었다. 우리 가족의 화장실 사용 모습을 보고 배웠을까? 아니면 칭찬으로 인해 본능적으로 화장실을 배변 장소로 인식한 것일까? 그 후로 10년 동안 사람처럼 화장실에서 볼일을 봤다. 더 신기한 건 다른 집에 가서도 그 집 화장실에서 대소변을 본다는 것이다. 어쩌면 훈련도 중요하지만, 강아지 자신이 장소에 대해 인식하고 생각하는 시간을 갖는 것 또한 중요하다고 생각하게 된 경험이었다.

이 기억을 바탕으로 룩이도 배변 훈련에 어려움을 겪을 거라고 예상했다. 룩이는 유기견 보호소에서 지냈기 때문에 적응하는 데 오랜 시간이 걸릴 거로 생각했다. 배변 패드를 룩이가 잘 찾을 수 있는 베란다에 두었고, 그 위에 앉아 노는 적응 시간을 갖게 해주었다. 놀랍게도, 집에 온 지 하루 만에 베란다의 배변 패드에 소변을 보는 것을 발견했다. TV에서만 보던 천재 개가 우리 집에? 룩이는 아주 똑똑한 강아지였다. 별도의 체계적인 훈련 없이도 마치 타고난 듯이 배변 패드 사용에 빠르게 적응했다. 룩이의 놀라운 적응력 덕분에, 배변 훈련은 생각보다 훨씬 수월했다. 베란다가 배변 장소라는 것을 이해했고, 스스로 배변 패드를 이용하기 시작했다. 그렇게 룩이는 화장실 사용법을 익히고 집 안에서 실례를 거의 하지 않게 되었다. 물론 가끔 실수하는 경우도 있었지만, 미키와는 비교할 수 없을 정도로 빨리 배변 패드를 사용하는 법을 익혔다.

내가 배변 교육을 할 때 가장 중요하게 생각했던 것은 바로 일관성이었다. 강아지가 배변 장소를 빠르고 정확하게 학습할 수 있다. 먼저, 배변 장소를 베란다로 일관되게 유지하고, 성공할 때마다 간식과 칭찬으로 적극적으로 보상했다. 특히, 좋아하는 간식으로 룩이의 의욕을 높였고, "잘했어!", "예쁘다!"와 같은 칭찬으로 훈련 효과를 극대화했다. 화장실을 사용하는 것을 싫어하지 않도록 항상 깨끗하고 편안한 환경을 유지했다. 룩이에게도 미키처럼 화장실 이용 방법을 알려줬지만, 욕실 슬리퍼를 물고 다니고 청소도구를 가지고 장난을 치는 바람에 화장실 출입 금지가 되었다.

강아지 화장실 훈련은 반려견과의 행복한 동거를 위해 필수적인 과정이다. 하지만 모든 강아지가 똑같은 속도와 방식으로 배우는 것은 아니기에 많은 반려인이 어려움을 겪기도 한다. 첫 강아지 미키와 현재 키우고 있는 순무(구 룩이)를 통해 서로 다른 훈련 경험을 했다. 강아지마다 성격과 특성이 다르고, 따라서 배변 훈련 방법도 달라야 한다. 미키에게 효과가 없었던 방법이 순무(구 룩이)에게는 통하는 경우도 있고, 그 반대도 마찬가지이다. 각각의 반려견이 자신만의 속도와 방식으로 배워간다. 강아지가 배변 장소를 학습하는 데 시간이 걸릴 수 있지만 인내심을 가지고 일관된 방법으로 교육한다면, 각각의 반려견에 맞는 최적의 방법을 찾아 성공할 수 있다!

작은 용기가 필요한 때가 있다.

특히 아기 강아지가 첫 예방접종을 할 때처럼.

작은 생명체 록이를 보호하게 되면서, 예방접종과 건강검진을 통해 건강을 책임지게 되었다. 병원에 도착하자마자 록이는 신기한 냄새와 환경에 흥미진진한 눈빛을 보냈다. 작은 꼬리를 흔들며 여기저기 냄새를 맡고, 사람들의 손길을 반겼다. 아직 병원에 대해 잘 몰랐던 록이는 순수한 호기심으로 의사 선생님들에게 뽀뽀까지 했다. 선천적으로 갖춘 친근함 덕분인지 낯선 환경에서도 적극적으로 어울리려는 모습을 보였다. 의사 선생님도 록이의 귀여운 모습에 미소를 지으셨다.

"아주 건강해 보이네요."

의사 선생님은 룩이를 살펴보며 말했다.

"이제 예방접종을 시작해 볼까요?"

　의사 선생님은 우선 룩이의 전반적인 건강 상태를 점검하셨다. 작은 귀를 들어 올려보고, 눈을 들여다보고, 작은 입을 벌려 치아 상태를 확인했다. 체온, 호흡, 심박수 등을 꼼꼼하게 검사하며 꼼꼼하게 진찰하셨다. 다행히 전반적으로 건강한 상태였지만, 간단한 검사를 통해 몇 가지 기생충이 발견되어 약물 치료가 필요하다는 설명을 들었다. 그래도 약을 두 번 정도 먹으면 배변과 함께 나온다고 하니 다행이었다. 건강검진을 마친 룩이는 이제 첫 예방접종을 맞이하게 되었다. 일반적으로 강아지들은 생후 6주부터 첫 예방접종을 시작하지만, 룩이는 조금 늦은 시기에 첫 주사를 맞게 되었다. 이번에 종합 백신과 코로나바이러스 백신을 맞아야 했다. 종합 백신은 홍역, 파보바이러스, 간염 등을 예방해 주며, 코로나바이러스 백신은 호흡기 질환을 예방하는 데 도움을 준다. 이후로도 3~4주 간격으로 추가 접종을 받아야 한다고 설명해 주셨다.

　드디어 주사를 맞는 순간이 다가왔다. 룩이는 의사 선생님이 주사를 준비하는 동안에도 꼬리를 흔들며 나를 바라보았다. 나는 룩이의 작은 몸을 살짝 안아주며 "괜찮아, 금방 끝날 거야."라고 속삭였다. 룩이를 살짝 안아주면서, 의사 선생님은 빠르고 정확하게 주사를 놓았다. 주사를 맞는 순간, 처음 느껴보는 아픔에 살짝 움찔했지만, 곧바로 다시 활발하게 움직였다. 주사가 끝난 후, 칭찬과 간식으로 활발함을 되찾았다. 예방접종을 마친 룩이는 마치 큰일을 해낸 듯한 자랑스러운 표정으로 나를 바라보았다.

"정말 용감했어, 룩이야."

나는 룩이를 쓰다듬으며 말했다. 의사 선생님도 "아주 잘했어요, 룩이." 라고 칭찬해 주셨다. 의사 선생님은 룩이에게 작은 간식을 주며 잘 참아준 것에 대한 칭찬을 아끼지 않았다. 그렇게 첫 번째 예방접종은 무사히 끝났다. 집으로 돌아온 후, 룩이는 조금 지쳐 보였지만, 여전히 쾌활하고 활달한 모습이었다. 예방접종 후에는 가벼운 피로감이나 미열이 있을 수 있다는 설명을 들었기에, 룩이를 지켜보며 충분히 쉬게 해 주었다. 룩이는 따뜻한 담요에 몸을 묻고 눈을 감은 후, 곧 깊은 잠에 빠져들었다. 그날 밤, 룩이의 작은 가슴이 오르락내리락하는 모습을 보며 나는 생각했다. 이 작은 생명체가 건강하게 자라도록 우리가 최선을 다해야겠다고. 첫 주사를 무사히 맞은 룩이는 조금 더 용감해졌고, 앞으로도 건강하게 자라기 위한 중요한 첫걸음을 내디뎠다.

다음 날 아침, 룩이는 다시 활기차게 깨어났다. 어제의 주사로 인한 피곤함은 온데간데없이 사라지고, 다시 에너지가 넘치는 모습이었다. 작은 몸으로 큰 용기를 내어 첫 예방접종을 무사히 끝냈다. 시간이 지나면서 두 번째, 세 번째 예방접종도 무사히 지나갔다. 첫 주사 이후로도 여전히 병원을 무서워하지 않았다. 오히려 병원에 가는 날이면 더 신이 나서 꼬리를 마구 흔들었다. 아마도 의사 선생님과의 만남이 즐거웠기 때문일 것이다. 룩이는 어릴 때부터 다른 강아지들보다 호기심이 많고 새로운 환경에 적응하는 속도가 빠른 편이었다. 병원에서 간식을 주거나 쓰다듬어주는 등 의사 선생님과의 긍정적인 경험을 쌓아 병원에 대한 긍정적인 이미지를 형성했을 가능성이 높다. 이렇게 아기 강아지의 첫 주사는 작은 용기와 함께, 우리에게 큰 안도감을 주었다. 룩이의 건강을 지키기 위해 필요한 과정이었고, 이 작은 용기가 룩이의 밝은 미래를 보장해 줄 것이라는 믿음이 생겼다.

이 작은 용기가 큰 용기가 되어,
언제나 자신감이 가득 찬 멋진 강아지가 되기를.

유기견 룩이의
작지만, 소중한 첫 발걸음

　작은 발걸음마다 세상은 커다란 모험이었다. 유기견 룩이는 보호소의 안전한 울타리를 벗어나 새로운 삶을 살아가기 위해 충분한 준비가 필요했다. 예방 접종과 환경 적응 훈련을 거친 뒤에야 비로소 안전하게 세상으로 나올 수 있었다. 오늘은 내 작은 친구가 새로운 세상을 만나는 특별한 날이었다. 룩이는 얼마 전까지 따뜻한 가족도 없이 홀로 길거리를 헤매던 유기견이었다. 하지만 다행히 따뜻한 손길에 우리 가족의 보살핌 속에서 건강하게 자라고 있었다. 조심스럽게 리드 줄을 채우자, 룩이는 처음 느껴보는 낯섦에 조금 주춤했다. 현관문을 열리고 룩이의 눈앞에 펼쳐진 것은 높디 높은 계단이었다. 이제껏 경험해 보지 못한 새로운 장애물이 룩이를 가로막고 있었다. 룩이는 두려움에 떨며 꼬리를 웅크리고 웅크렸다. 그의 작은 발은 그 무거운 계단을 두려워하는 듯 움직이지 않았다. 혼자 해낼 수 있다고 믿었던 룩이에게 계단은 너무나도 높고 험난해 보였다. 룩이는 조심스럽게 한 발짝 내디디려 했다. 하지만 그의 작은 발은 차가운 계단 위에서

헛발질 쳤다. 두려움과 망설임이 그의 몸을 움츠리게 했다.

"괜찮아, 룩아. 내가 도와줄게."

나는 룩이는 조심스럽게 품에 안았다. 룩이를 안아 계단을 한 발씩 내려 갔다. 룩이는 내 품에 안겨 세상을 내려다보았다. 주저하는 룩이를 안아 계 단을 내려온 그 순간, 룩이의 작은 몸짓에서 용기가 느껴졌다. 비록 직접 발로 내려올 수는 없었지만, 새로운 환경 속에서 포기하지 않고 도전하려 했던 룩이의 모습이 인상 깊었다. 낯선 공간 속 계단이라는 장애물은 룩이 에게 큰 어려움이었을 것이다. 하지만 룩이는 주변의 도움을 받아 그 장애 물을 하나씩 극복해 나갔다. 마침내 계단을 모두 내려온 룩이는 새로운 세 상을 마주했다. 호기심 가득한 눈빛으로 세상을 바라봤다. 처음 맡는 새로 운 향기와 소리에 조금은 불안한 듯하지만, 내 손길에 의지하며 용기를 내 어 첫 발걸음을 내디뎠다. 룩이의 작은 발걸음에 맞춰 천천히 걸으며, 주변 을 자유롭게 탐험하도록 격려했다. 조심스럽게 한 발짝, 또 한 발짝 세상을 향해 나아갔다. 맑은 하늘과 푸른 나무, 그리고 사람들의 발걸음 소리가 들 려왔다. 아기 강아지는 주변을 두리번거리며 조심스레 걸음을 옮겼다. 낯 선 냄새와 소리에 깜짝 놀라기도 했지만, 곧 주변을 탐험하기 시작했다. 보 호소에서는 볼 수 없었던 자연의 아름다움, 사람들의 활기찬 모습, 그리고 향긋한 봄의 향기가 강아지의 감각을 자극했다. 이제 더 이상 딱딱한 철장

바닥이 아닌, 부드러운 풀밭 위를 자유롭게 뛰어다닐 수 있게 되었다.

　작은 생명체의 첫걸음이 이토록 감동적일 줄이야. 나는 내 가슴속 깊이 자리 잡고 있던 연민의 마음이 꽃이 피는 것을 느꼈다. 이렇게 첫 산책의 설렘과 두려움을 함께 겪으며, 강아지와 나는 점점 더 가까워진다. 앞으로 우리가 함께 만들어가게 될 추억들이 벌써 기대된다. 이 작은 생명체가 이제 새로운 세상을 향해 한 걸음 한 걸음 나아가고 있었다. 이제 룩이는 더 큰 세상으로 나아가 자신만의 길을 찾아갈 것이다.

만만하서겠습니까

기다리던
입양 신청자가 나타났다!

임시 보호라는 이름의 여정을 시작하며, 룩이에게 영원한 집을 찾아주겠다고 약속했던 날, 룩이를 위해 세심하게 정한 입양 기준은 나의 마음속 깊은 곳에 새겨진 간절한 소망이었다. 룩이에게 최고의 가정을 마련하고 싶은 마음에 정한 기준이었지만, 동시에 이별을 의미하기도 했다.

내가 정한 입양 기준

만 23세 이상의 경제력 있는 사람
동거 커플, 자취생, 미성년자 불가
반려동물 사육이 가능한 거주지
(실내견으로 키우기)
2인 이상의 가족 단위, 1인 가구는
다른 가족들의 지원 필요

학대/유기 경험 없어야 함
가족 모두의 동의를 얻어야 함
평생 사랑으로 함께하실 분
신혼부부/어린 아기가 있는 사람 불가

룩이에게 안정적이고 행복한 삶을 선물하고 싶었기에, 나는 엄격한 기준을 세웠다. 2인 이상의 가족, 꾸준한 소득, 강아지를 이해하고 돌볼 수 있는 경험, 가족 모두의 동의까지. 이 모든 조건은 룩이의 행복을 위해 필수적이었다. 룩이의 귀여운 모습과 밝은 성격을 담은 사진과 영상들을 인스타그램에 꾸준히 올렸다. 룩이의 밝은 눈빛과 꼬리를 살랑이는 행복한 모습, 그리고 그의 장난스러운 모습들을 담은 영상들은 많은 사람들의 마음을 사로잡았다. 어느 때처럼 룩이의 사진과 영상을 인스타그램에 올리며 새로운 가족을 기다리고 있었다. 그러던 중 갑자기 알람이 울리더니, 룩이의 입양을 신청한다는 내용의 메시지가 도착했다. 사실, 이 순간이 오기를 그토록 기다려왔건만, 막상 메시지를 보니 마음이 복잡해졌다. 드디어 룩이에게도 행복한 가정이 생긴다! 기쁨이 밀려올 줄 알았는데, 왠지 모를 씁쓸함이 가슴 한편을 짓누르기 시작했다. 신청자는 룩이의 사진과 영상을 보고 룩이에게 반했다고 말했다. 룩이와 함께 산책하고, 밥을 주고, 놀아줄 시간을 충분히 확보할 수 있다고 했다. 룩이가 새로운 가정에서 잘 적응할 수 있을까? 나만큼 룩이를 챙겨줄 수 있을까? 수많은 질문이 머릿속을 스쳐 지나갔다. 입양 신청자분의 메시지를 읽은 후, 떨리는 손으로 답장을 작성했다.

"안녕하세요. 룩이의 입양 신청에 대해 문의주셔서 감사합니다. 먼저, 간단한 입양 조건 확인을 진행해 드리겠습니다."

입양 기준을 설명하며, 혹시라도 룩이에게 부족함이 없도록 신중하게 질문을 던졌다. 메시지를 보낸 사람은 동거 커플이었다. 내가 정한 입양 기준 중 '동거 불가'라는 조항을 떠올렸다. 깊은 고민 끝에, 룩이에게 따뜻한 가정을 제공할 수 있다는 확신이 서지 않았다. 물론 동거 커플이라 해서 나쁜 가정이 될 수는 없다. 하지만 안정적이고 행복한 삶을 선물하기 위한 최소한의 조건이었다. 결국, 입양 신청을 거절하기로 했다. 동시에, 진심으로 사랑하는 신청자의 마음을 뿌리치는 것 같은 미안함도 느꼈다. 룩이에게 가장 행복한 미래를 선물하고 싶은 마음은 서로 모순되는 듯 얽혀 있었다. 쉽지 않은 결정이었지만, 룩이에게 최선의 선택을 해주어야 한다는 믿음이 나를 이끌었다.

"안녕하세요, 룩이는 정말 사랑스럽고 귀여운 강아지입니다. 룩이에게 따뜻한 가정을 마련해 주고 싶은 마음에 신중하게 입양 기준을 정했습니다. 하지만, 현재 입양 기준 중 '동거 커플 불가' 조항 때문에 아쉽게도 입양이 어려울 것 같습니다. 깊은 고민 끝에 내린, 룩이에게 안정적이고 행복한 삶을 선물하기 위한 최소한의 조건이라고 생각합니다. 룩이에 대한 진심 어린 사랑과 관심에 감사드립니다."

나는 입양 기준에 관해 설명하며, 동거 커플의 신청을 거절할 수밖에 없다고 전했다. 하지만 그들이 룩이를 가족으로 맞이하고 싶어 하는 마음이 느껴졌기에, 다른 입양 기회를 찾아보길 권유했다. 룩이에게 새로운 가족을 찾아주기 위해 다시 노력하기로 했다. 룩이를 진심으로 사랑하고, 내가 정한 입양 기준을 충족하는 가족이 꼭 있을 것이라는 희망을 품으며, 룩이와 함께할 가족의 따뜻한 온기를 꿈꾸었다.

룩아, 너에게 딱 맞는, 너를 세상 누구보다 아껴줄 가족을 찾아줄 거야.

♡ 〇 ⊿   •   ⊓

 hs_sarang_2020님 외 **18명**이 좋아합니다

soonmoo_kim 한바탕 뛰어노는 룩이🐾

룩이의 가족이 되어주세요🙏🙏
임양문의 🖤 @look_2_find 디엠주세요
#임보 #임보일기 #입양 #입양해주세요 #유기견입양 #유기견 #믹
스견 #믹스견은사랑입니다 #반려견

여름: 열정의 시절

엄마, 나, 순무 셋이 떠난 강화도 여행!

모래사장을 보고 신나서 뛰는 순무 때문에 넘어졌다. ㅠㅠ

이렇게 바다 좋아하니까 자주 놀러 와야겠는데?

#여름바다 #개족여행

여름맞이 비키니장만!!

눈으로 욕하지 말아 줘. 미안해, 근데 너무 귀여워!

물을 싫어하는 순무, 올해 목표는 개수영 배우기?

#귀여움초과 #바캉스룩 #엉키니

기록 셋,

진짜 가족으로

거듭나기

떨리는 마음으로 쓴
입양 결심서

햇살 따스한 봄날 저녁, 휴대전화에 한 통의 메시지가 도착했다.
"안녕하세요, '룩이'의 입양을 신청하고 싶습니다."
짧지만 진심 담긴 메시지는 내 마음에 큰 파장을 일으켰다.

처음에는 임시 보호자로서, 따뜻한 식사와 편안한 잠자리를 제공하며 좋은 가족을 찾는 것에 전념했다. 하지만 룩이는 날마다 나에게 가까이 다가왔다. 짧은 꼬리를 흔들며 반갑게 맞이하는 모습, 내 손길에 부드럽게 스스로를 밀착시키는 모습, 내 옆에서 조용히 숨을 고르는 모습. 나도 모르게 그의 작은 행동들이 마음속 따뜻한 자리를 차지하기 시작했다. 어느 날, 룩이를 입양하고 싶어 하는 가족이 나타났다. 처음에는 흐뭇함과 아쉬움이 공존했다. 행복한 삶을 선물할 수 있겠다는 기쁨과 더 이상 내 곁에서 룩이를 볼 수 없을 것이라는 아쉬움이었다. 이래서 정이 무섭다고 하는가 보다.

잠시, 룩이를 만나기 전을 돌이켜봤다. 8월, 더위가 마지막 인사를 나누던 날, 사랑하는 첫째 강아지 미키를 떠나보낸 기억은 아직도 생생하게 남아 있다. 집안 곳곳에 미키의 발자국 소리와 꼬리를 살랑이는 모습이 아른거렸고, 갑자기 깊어진 고요함은 일상까지 앗아갔다. 그 후 슬픔과 외로움 속에서 펫로스 증후군에 시달렸다. 다시 이별을 겪고 싶지 않았고, 사랑하는 존재를 잃는 고통을 견딜 수 있을까 하는 두려움을 느꼈다. 텅 빈 집안을 채울 수 없다는 생각에 괴로워했다.

그러던 어느 날, 임시 보호자를 모집한다는 공고를 발견했다. 망설인 끝에 신청한 나에게 곧 룩이라는 이름의 작은 존재가 찾아왔다. 룩이는 미키처럼 장난기가 많고 호기심 가득한 강아지였다. 발랄함 넘치게 뛰어다니던 모습, 내 품에 안겨 잠든 모습, 순한 눈빛, 장난꾸러기 같은 성격, 기차 화통 같은 목청, 작은 얼굴에 긴 허리 그리고 나를 향한 끝없는 애정 표현. 첫번째 강아지 미키와 닮은 면이 많았다. 마치 오래전 헤어졌던 소중한 친구를 다시 만난 듯한 기분이었다. 룩이를 보며 미키가 아직도 내 곁에 있다는 느낌을 받았다.

"혹시 미키의 영혼이 룩이에게 들어갔나?", "룩이는 미키의 환생이 아닐까?"

이렇게 말도 안 되는 상상을 한 적도 있다. 사실 그렇게 믿으며 위로받았으면 싶었다. 점차 그 아이의 성격과 행동이 미키와 닮아가는 것을 보면서 마음이 움직였다. 우리 집 구조를 다 알고 있는 듯이 헤집고 다니는 것, 자연스럽게 미키의 밥그릇을 사용하는 것, 뽀뽀를 좋아하는 것, 마치 과거에 함께했던 미키와 나의 모습이 그대로 투영되는 듯했다. 밤마다 룩이는 이불 속 내 품에 안겨 잠들곤 했다. 그것은 미키가 잠들 때 하던 똑같은 행동이었다. 룩이의 따스한 숨결과 부드러운 털을 느끼며 미키를 떠나보낸 깊은 슬픔에서 조금씩 위로를 얻었다. 룩이는 내 품속에서 미키처럼 작은 코를 쿵쿵거리며 편안한 숨을 내쉬었다. 그 순간, 룩이를 보낼 수 없다는 생각이 들었다. 만약 룩이에게 애정을 주고 나서 떠나보낸다면, 또 아픔을 겪게 될 것이다. 그래서 룩이에 대한 애정을 애써 부정해 보기도 했다. 어떠한 조건이나 계산 없이 나를 향한 순수한 감정을 다시 느낄 수 있다는 생각에 설레기도 했지만, 그것은 마약처럼 중독되어 의지할 수밖에 없다는 걸 알고 있기 때문이다. 하지만 룩이와 함께하면서 마음속 깊숙한 곳에 묻혀 있던 따뜻한 감정이 터져 나옴을 느꼈다. 미키가 주었던 무조건적인 사랑과 신뢰, 그로 인해 느꼈던 행복감을 룩이가 다시 일깨워 준 것이다. 망설임 없이 다가오는 룩이의 촉촉한 코와 밝은 눈빛 속에는 나를 향한 무조건적인 신뢰가 담겨 있었다. 하지만 동시에, 떠오르는 생각. 과연 내가 룩이에게 마지막 보호자가 될 자격이 있을까? 고민하던 찰나, 엄마의 한마디가 마음을 결정짓는 계기가 되었다. 어느 날 엄마는 룩이를 보며 말했다.

"저 아이를 보면 미키가 생각나. 작은 녀석이 엄마도 없이 너무 불쌍하다. 우리가 다시 가족이 되어주는 건 어떨까? 벌써 우리 집에 적응해서 여기가 이제 집이라고 생각하고 있는데 다른 곳에 가면 버려졌다고 생각할 거야. 그리고 더 자라면 누가 입양하려고 하겠어?"

맞다. 룩이는 이미 우리 가족의 일부가 되어버린 것이다. 우리 가족의 품에 안겨 따스한 안정을 느끼며 새로운 삶을 시작한 룩이를 버릴 수는 없었다. 앞으로도 행복하게 살아갈 자격이 충분히 있었다. 생각해 보면 엄마는 미키를 잃은 후 무덤덤했지만, 사실은 엄마도 큰 슬픔을 느꼈을 것이다. 그리고 룩이를 통해 다시금 회복할 수 있다는 희망을 찾은 것은 아니었을까? 물론 룩이를 입양을 결정하는데 많은 망설임이 있었다. 룩이에게 제대로 사랑을 주지 못할까 하는 미안함, 사랑하는 미키를 떠나보낸 후 죄책감에 시달렸던 나는 룩이를 입양하는 것이 미키에 대한 배신이 될까 두려웠다.

"미키가 질투하지 않을까?"

입양을 결심하기 전 마지막으로 떠올랐던 질문이다. 미키의 밝고 따뜻했던 모습을 떠올리며, 혹시 미키가 룩이를 우리 가족으로 맞이하는 것을 바랐을지도 모른다는 생각도 들었다. 미키는 천사 같은 아이라 분명 동생이 생기는 것에 기뻐할 것이다.

"미키야, 괜찮을까? 룩이를 우리 가족으로 맞이해도 될까?"

　그날 저녁, 미키의 사진 액자를 꺼내 바라보았다. 용기를 내어 미키에게
물었다. 사랑하는 미키를 떠나보낸 상처가 아직 아물지 않은 채, 또 다른
강아지를 가족으로 맞이하는 것이 옳은 일인지 끊임없이 고민했다. 미키의
사진 액자를 내려놓으며, 깊은 한숨을 내쉬었다. 미키의 사진 속 눈빛은 여
전히 따뜻하고 다정했다. 마치 나의 고민을 읽어내는 듯, 조용히 위로하는
듯했다. 미키와 함께했던 추억들이 눈앞에 선명하게 지나갔다. 함께 뛰어
놀았던 집 앞 공원, 늦게까지 토닥이다 잠든 밤, 그리고 아침마다 나를 깨
워준 따뜻한 눈빛. 모든 추억이 가슴 아프게도 소중했다. 하지만 텅 빈 집
안을 바라보며 밀려오는 외로움 또한 무시할 수 없었다. 미키의 빈자리를
채울 수 있는 새로운 동반자를 원하는 마음, 미키가 느낄 배신감과 외로움
사이에서 갈등하는 나에게 엄마가 말했다.

"떠나보내는 것은 참 힘든 일이지만, 보내줄 줄도 알아야 해. 그리고 남
은 사람은 거기에 맞춰 살아가는 거야."

　엄마 말은 언제나 옳았다. 떠난 이를 보내줄 줄 알아야만 새로운 내일을
맞이할 수 있다는 것을 알았다. 미키의 자리를 아무리 채우려 해도, 그 자
리는 영원히 빈자리로 남아 있을 것이다. 그리고 이제는 그 빈자리에 맞춰

살아가야 한다는 말이 내 마음을 울렸다. 아직도 미키에 대한 그리움과 상실감이 가득한, 과거에 얽매여 있던 내 마음이 서서히 현재로 옮겨가고 있었다.

"미키야, 미안해. 이제 룩이도 우리 가족이 돼."

마침내 결심했다. 망설임과 두려움 속에서 고민하던 끝에, 임시 보호견 룩이를 우리 가족으로 맞이하기로 했다. 그렇게 룩이에 대한 동정과 엄마의 말씀 그리고 미키에 대한 그리움이 모여, 내 마음의 문이 열렸다. 그 문을 열고 들어온 룩이는 나의 반려가 되었다. 입양을 결정한 순간, 내 가슴 속 깊은 곳에서 뭔가 울컥하는 느낌이 들었다. 미키를 간절히 그리는 마음과 룩이를 맞이하는 설렘이 뒤섞인 복잡한 감정이었다. 미키가 우리 가족에게 다시 돌아온 것 같은 기분이 들었다. 다음 날 아침, 룩이의 입양 신청서를 작성했다. 망설임 없이 움직이는 나의 손은 굳건한 결심을 내린 듯 힘차게 움직였다. 떨리는 손으로 쓰는 입양 결심서, 나는 새로운 시작을 다짐했다. 룩이에게 따뜻한 보금자리와 가족이 되어주겠다는 약속이 담긴 그 한 장에는, 미키에 대한 그리움과 룩이에 대한 새로운 사랑이 가득 담겨 있었다.

"미키야, 룩이를 보내줘서 고마워."

미키의 사진 액자를 다시 바라보며 미소 지었다. 이제 나는 미키를 보낸 어제에서 벗어나, 남은 가족들과 함께 내일로 넘어갈 준비가 되었다. 룩이는 그렇게 두 번째 기회를 선물해 주었다. 사랑이란 헤어짐을 두려워하는 것이 아니라, 그 헤어짐까지 감수하고 함께하는 것이 아닐까?

나는 또 영원한 약속을 했다.

룩이가 두 번째로 버려지지 않도록, 사랑하고, 보호할 것이라는 약속을.

유기견 '룩이'에서
반려견 '순무'로

아침이 밝자, 구조자에게 떨리는 손으로 문자를 보냈다.

"안녕하세요. 구조자님, 우리 가족 모두 룩이의 매력에 반해 입양을 희망하고 있는데, 살포시 입양 신청서를 작성해도 될까요?"

답장을 기다리는 짧은 시간은 체감상 너무나도 길었지만, 곧이어 답변이 도착했다.

"그렇다면 더할 나위 없이 좋지요!"

"결국 임보가 임종까지 보호가 되네요."

"그래서 임보가 무서워요. 정들기 전에 보내야 하거든요. 그래도 효진 님이 룩이의 평생 보호자가 된다면 구조한 저도 너무 보람 있고 행복한 기억으로 남을 것 같아요."

구조자의 위로와 격려에 다시 용기를 얻었다.

"맞아요. 이렇게 금방 정들지 몰랐어요."
"입양 신청서 보내드릴게요. 작성하시면 연락 주세요!" 구조자가 말했다.
"네, 연락드릴게요."

내 메일로 온 한 장의 입양 신청서. 떨리는 손으로 입양 신청서를 클릭했다. 마침내 오늘이 왔구나! 하는 설렘과 기대감, 그리고 조금은 떨리는 마음으로 신청서에 한 글자씩 적어 내려갔다. 신청서에는 이름, 연락처, 주소, 그리고 가족 구성원 정보가 적혀 있었다. 어떻게 반려동물을 돌볼 계획인지, 반려동물에게 제공할 환경은 어떤지에 대한 선서도 있었다. 물론 입양 심사 과정이 남아 있어 걱정스러웠지만, 이미 아이를 임시 보호하고 있었기에 확정될 가능성은 높았다. 그래도 혹시라도 뜻대로 안 된다면? 하는 불안감이 없어지지 않았다. 입양 신청서 마지막 빈칸에 서명을 완료하며, 구조자에게 메일을 보냈다. 답변이 오기까지 하루에도 몇 번씩 전화기를 확인하며 입양 심사 결과를 기다렸다.

3월 16일, 드디어 룩이가 우리 가족 막내가 되는 순간이다. 입양은 전혀 쉽지 않은 결정이었지만 후회는 절대 없었다. 그렇게 책임 입양비 10만 원을 구조자에게 전달하며 순무에게 따뜻한 사랑과 안정적인 삶을 제공하겠다고 다짐했다. 책임 입양비는 입양한 동물을 생이 다할 때까지 돌볼 것이라는 약속이다. 순무를 가족으로 맞이한다는 결심, 사랑과 보살핌을 아끼지 않는다는 다짐. 10만 원의 책임 입양비는 이러한 약속을 확인하는 소중한 증거이다. 중성화 수술을 완료하면 책임 입양비를 다시 돌려받을 수 있다고 하니, 이는 반려동물 양육에 대한 책임감을 높이는 의미 있는 제도라고 생각한다.

입양 확정 후, 우리 가족은 가장 중요한 일을 시작했다. 바로 룩이의 새로운 이름을 정하는 것! 미키의 이름을 따 '키'자 돌림으로 지으면 어떨까? 루키, 리키, 키키, 럭키 등. 또 얼룩무늬 털색을 떠올리며 지어볼까? 쿠앤크, 흑임자, 짜장이, 바둑이 등. 마지막으로 보통의 개 이름은 어떨까? 코코, 해피, 초코, 몽이 등 다양한 이름이 후보에 올랐다. 하지만 어떤 이름도 룩이에게 딱 맞는 것 같지 않았다. 그러던 중, 개의 이름은 먹는 것으로 지어야 오래 산다는 속설이 떠올랐다. 룩이의 새로운 이름을 음식으로 지어볼까? 생각지 못한 좋은 아이디어였다. 밤새도록 머리를 맞대고 룩이에게 어울리는 음식 이름들을 짰다. 하지만 아무리 고민해도 딱히 마음에 드는 이름이 없었다. 좋은 이름을 찾기까지 우리 가족의 최고 관심사는 오로지 룩이의 이름 짓기였다. 마트에서 장을 보고 계산을 기다리는 중에도 멈출 수 없었다.

"순박하고 귀여운 느낌의 이름이면 좋을 것 같아."

"두부는 어때?"

"아니, 너무 흔해. 좀 더 귀여운 이름이 좋을 것 같아."

그러다 갑자기 동생이 던진 한마디가 룩이의 운명을 바꿔놓았다.

"아, 배고파 집에 가서 순무 김치 먹고 싶다!"

순간, 우리 모두의 시선은 서로를 향했다.

"순무?? 오 순무 어때??"

"순무 귀엽다!"

"순무! 순무가 딱이네!"

그렇게 순무라는 이름이 탄생했다. 순무는 인천 강화도 지역에서만 자라는 팽이처럼 둥근 모양에 보랏빛을 띠고, 독특한 맛이 나는 무 종류 중 하나다. 또 우리 가족이 좋아하는 채소이기도 했다. 둥글고 보랏빛을 띠는 특이한 순무처럼, 룩이의 젖소 무늬 털도 독특하고 귀여우니까! 게다가 우리 가족이 늘 즐겨 먹는 음식이라는 점에서 더욱 의미 있는 이름이 될 수 있을 것 같았다. 가족들도 이 이름에 대해 좋은 반응을 보였다. 집에 돌아오는 길에 만장일치로 룩이의 새로운 이름을 '순무'로 정했다. 순무라는 이름은 순수하고 순진한 느낌이 들어서 룩이의 귀여운 외모와 순진한 성격을 잘 나타낼 수 있을 것 같았다. 순무는 인천 강화도 지역에서만 볼 수 있는 특별한 채소이듯이, 우리 가족의 소중한 반려견이 될 수 있을 것 같았다.

"순무야~."

집에 도착하자마자, 새로운 이름으로 룩이를 불렀다. 룩이 또한 '순무'라는 이름이 마음에 드는 듯 이름을 부르면 귀를 쫑긋하며 집중하는 표정을 보여주었다. 그리고 순무라는 이름이 더욱 특별한 이유는 순무가 룩이를 처음 만났던 날 저녁 식사 메뉴였기 때문이다. 룩이와의 특별한 인연을 기억하고, 순무라는 이름이 그 인연을 상징하는 의미 있는 이름이고, 강아지 이름으로도 흔하지 않아 특별한 이름이 될 것이라고 생각했다.

이제 우리 가족은 다섯이다. 서로 다른 두 털북숭이의 사랑으로 가득한 행복한 가족. 나는 순무에게 미키가 남겨준 따뜻한 사랑을 전해주고, 순무는 내 텅 빈 마음에 넘치는 큰 사랑을 채워줄 것이다. 순무는 미키가 남겨 놓은 짙은 발자취를 따라 함께 웃고, 함께 울며, 소중한 추억을 만들어 나가는 우리 가족의 이야기는 이제 막 시작이다.

🐾 순무의 일기: 이제 내 이름은 순무래요

안녕하세요! 이 이야기의 주인공 순무입니다. 나는 이름이 세 개에요! 대단하죠? 하나는 2021-00064 나의 공고 번호에요. 두 번째는 룩이! 임시 이름이었죠. 마지막으로 순무, 나의 진짜 이름이에요!

오늘은 순무라는 이름을 가지게 된 지 3일째 되는 날입니다. 아직도 신기하고 기뻐서 꼬리가 빙글빙글 돌아요! 처음에는 '순무'라는 이름이 조금 민망했어요. 왜냐하면 순무라고 하면 떠오르는 것이 바로 순무 김치였거든요. 내가 김치처럼 매콤하다는 말인가? 하지만 둘째 언니가 순무를 좋아한다고 해서 이름이 순무가 되었다는 걸 알게 되면서 마음이 바뀌었어요. 둘째 언니가 좋아하는 이름이라면 내가 싫어할 이유가 없잖아요?

그리고 순무라는 이름은 생각보다 훨씬 예쁘고 귀여운 것 같아요. 이제는 내 이름이 정말 마음에 들어요! 순무는 겉모습은 짧고 단단해 보이만 속은 부드럽고 달콤하다는 말을 들었어요. 나도 겉모습은 다리가 조금 짧고 검은색 털로 둘러싸인 얼굴이 무뚝뚝해 보일 수 있지만, 정말 순하고 다정한 성격이에요. 그래서 순무라는 이름이 나를 정말 잘 표현해 주는 것 같아요. 순박한 저와 아주 딱이죠!

오늘은 엄마와 언니들과 함께 산책하러 갔어요. 산책길에 다른 강아지 친구들을 만나서 내 이름을 자랑스럽게 소개했어요.

"안녕! 나는 순무라고 해. 순무 김치처럼 맛있고 귀여운 강아지야!"

처음에는 다른 강아지들이 킥킥 웃었지만, 내가 순무 김치를 좋아하는 둘째 언니 이야기를 들려주고 나니 다들 내 이름을 예쁘다고 칭찬했어요.

순무라는 이름을 가진 것이 자랑스럽고 행복합니다. 이제 나는 순무라는 세상에서 가장 좋은 이름으로 세상을 살아갈 준비가 되었어요! 앞으로 어떤 재미있는 일들이 일어날지 기대돼요!

소중한 반려,
다시 한번 내 곁에

갑작스럽게 반려를 잃었던 시간은 어느 것과도 비교할 수 없는 큰 충격이었다. 하루하루가 고통스러웠고, 집 안 어디를 가도 그 아이의 흔적이 보였다. 집 안 가득했던 웃음소리는 사라지고, 무거운 침묵만이 우리 가족을 감쌌다. 그렇게 조용하던 집에 어느 날, 임시 보호라는 봉사활동을 통해 나에게 또 다른 반려가 찾아왔다. 순무라는 이름의 강아지가 우리 집 문을 두드렸다. 상처받았지만 이겨내려는 모습에 나는 마음이 움직였다. 순무가 오면서, 마치 겨울잠을 깨우는 따스한 햇살처럼 우리 가족에게 다시 봄이 찾아왔다. 나를 포함한 가족들 모두 내색은 안 했지만, 순무의 등장에 큰 위안을 받고 있었다. 잊고 있었던 웃음과 사랑을 다시 상기시켜 주었다. 타닥타닥, 작은 발걸음 소리는 한 번 더 집 안 가득 울려 퍼졌고, 침울했던 분위기는 사라지고, 힘차게 개 짖는 소리로 가득했다. 다시 웃음꽃이 피어났다.

그렇게 순무는 사랑했던 반려동물 미키와의 소중한 추억을 이어주는 존재가 되었다. 함께 산책하며 나누는 즐거운 시간, 장난기 가득한 순무와의 추억들은 캔버스에 아름다운 그림을 한 획씩 더해갔다. 미키와 함께했던 일상의 리듬이 순무로 자연스럽게 이어지며, 가족이라는 의미를 되새겼다. 서로 책임지고, 사랑하며, 함께 성장하는 존재임을. 순무가 아프거나 힘들 때 함께 걱정하고 돌보고, 함께 웃고 즐기는 시간을 통해 소중함을 확인했다. 순무가 가족이 되면서 우리 집은 이전보다 훨씬 깨끗해졌다. 순무가 많이 빠지는 이중 단모 털이라 걱정했지만, 매일 털을 꼼꼼히 빗겨주고 집 안 곳곳을 청소하며 깨끗한 환경을 유지하는 것이 일상이 되었다. 순무를 위해 집에서 직접 간식을 만들기도 하고, 야외 활동을 통해 운동량을 늘리는 등 이전보다 더욱 건강하고 즐거운 생활 습관을 지니게 되었다.

어느 날 저녁 식사 시간, 순무가 갑자기 "거억거억" 하고 거위 울음소리 같은 기침을 하기 시작했다. 단순한 기침인 줄 알았지만, 점점 심해지자 걱정이 되었다. 비위생적인 외부 환경에 오래 노출돼 있던 아이라 심장 사상충에 대한 두려움도 스쳐 지나갔다. 심장 사상충에 걸렸다면, 이렇게 심각한 기침 증상이 나타날 수 있기 때문이다. 순무를 토닥이고 물을 먹이며 달래보았지만, 기침은 쉽게 멎지 않았다. 밤새 순무의 기침 소리에 잠을 설쳤던 나는 다음 날 아침 일찍 동물 병원으로 갔다. 동물 병원에 도착하여 순무의 증상을 설명하자, 수의사는 곧바로 심장 사상충 검사를 진행했다. 검사 결과, 다행히도 검사 결과 심장 사상충은 음성이었지만, 수의사는 순무의 기침 증상과 최근 환경 노출 상황을 봤을 때 다른 기생충 감염이나 감기도 기침 원인이 될 수 있다고 말했다. 더 정확한 진단을 위해 X-ray 촬영과 혈액 검사를 추가로 진행했다. 검사 결과, 다행히 기관지염과 폐렴 같은 심각한 질환은 발견되지 않았지만 감기로 인한 경미한 호흡기 감염 증상이 있다고 했다. 수의사는 순무에게 적절한 항생제와 기침 완화제를 처방해 주고, 집에서 충분히 휴식을 취하도록 처방했다. 집으로 돌아온 순무는 약을 먹고 충분한 휴식을 취하면서 점차 기침 증상이 호전되었다. 순무가 따뜻하고 편안하게 지낼 수 있도록 옆에서 꾸준히 돌봐주었고, 좋아하는 간식과 장난감으로 기분을 전환해 주었다. 순무는 처음에는 약을 전혀 먹지 않았다. 순무가 좋아하는 간식에 약을 숨겨주거나, 약을 물에 녹이는 등 여러 방법을 시도했다. 하지만 순무는 똑똑하게 약을 알아내거나 물을 뱉어 냈다. 마지막 수단으로 약간의 펫 우유에 약을 섞어 주었더니 순무는 맛있게 펫 우유를 마시면서 자연스럽게 약까지 먹게 되었다.

며칠 후, 순무의 기침은 많이 줄어들었고, 하루 종일 활발하게 돌아다니며 우리를 안심시켰다. 밤늦게 찾아온 갑작스러운 기침으로 우리 가족은 큰 걱정을 했지만, 다행히 순무는 건강을 되찾았다. 이번 일을 계기로 순무의 건강관리에 더욱 신경 쓰게 되었고, 혹시 모를 위급 상황에 대비하여 동물 병원의 연락처와 진료 시간 등을 항상 기억해 놓았다.

소중한 반려동물을 병으로 잃은 경험이 있던 우리 가족에게, 순무의 건강 위기로 큰 호들갑을 떨었지만, 소중한 반려와의 관계를 되돌아보는 계기가 되었다. 순무는 이제 사랑받는 존재이며, 우리 가족의 중심이다. 순무가 우리 가족에게 가져다준 가장 큰 선물은 바로 용기다. 사랑하는 존재를 잃는 슬픔을 극복하고, 다시 사랑을 받아들이는 용기. 반려동물을 잃는 슬픔은 크지만, 새로운 동반자를 맞이하면서 다시 찾아오는 사랑과 행복 역시 크다. 만약 반려동물을 잃고 힘든 시간을 보내고 있다면, 충분히 시간을 가지고 마음을 치유한 후 다시 반려동물을 맞이하는 것을 추천한다. 순무처럼 여러분의 곁에 다가올 소중한 친구가 있을지도 모르기 때문이다.

사랑과 책임의 의미
: 중성화 수술

사랑스러운 강아지를 키우는 반려인이라면, 중성화 수술이라는 선택에 대해 고민해 본 적이 있을 것이다. 쾌활한 장난꾸러기 순무를 가족으로 맞이한 지 4개월이 지났다. 하지만, 한 가지 고민이 생겼다. 바로 중성화 수술이었다. 마침, 순무는 첫 생리를 앞두고 있었고, 암컷 강아지의 경우 생리 주기와 관련된 질병 위험이 있다는 것을 알고 있었다. 특히, 자궁축농증과 유선종양은 암컷 강아지에게 흔히 발생하는 질병이며, 중성화 수술을 통해 쉽게 예방할 수 있다는 점이 이른 수술을 고민하게 된 큰 이유다. 순무의 추정 나이는 6개월이지만 정확한 나이를 알 수 없었기에, 수술 시점을 결정하기 어려웠다. 안전하고 성공적인 수술을 위해 여러 동물 병원을 방문하여 상담을 받았다. 수의사 선생님과 순무의 건강 상태, 수술 과정과 수술 후 관리 등에 대해 자세히 상담하고 궁금증을 해결했다. 동네에서 평판이 좋고 수술 경험이 풍부한 수의사 선생님이 있는 병원을 선택했고, 6월 15일로 수술 날짜를 잡았다.

순무의 첫 생리 전에 수술하고 싶었기 때문에, 그 사이에 생리가 시작되지 않기를 바랐다. 하지만 며칠 후, 순무와 동갑인 친구 강아지가 첫 생리를 시작했다는 소식을 듣고 순무도 곧 시작할 것 같은 예감이 들었다. 결국 수술 날짜를 일주일 앞당기기로 했다. 6월 1일로 다시 수술 일정을 확정했다. 수술 전날, 준비할 것이 많았다. 입원실에 넣어 줄 순무가 좋아하는 원숭이 인형과 최애 담요를 챙겼다. 당분간 씻지 못하기 때문에 목욕하고 최대한 피곤하지 않도록 충분한 잠을 재웠다. 제일 중요한 것! 바로 수술 전 금식이다. 순무는 음식과 물을 저녁 6시 이후로 금식해야 했다. 배고파서 잠 못 이루는 순무를 꼭 안으며 "수술 끝나고 집 오면 맛있는 간식 줄게!"라고 달래기도 했다.

아침이 밝았다. 순무를 데리고 병원으로 향했다. 병원에 도착해서 혈액검사, 심장 검사, 엑스레이 검사 등을 통해 순무의 건강 상태를 확인했다. 다행히 모든 검사 결과가 이상 없었고, 수술을 진행할 수 있다는 허락을 받았다. 순무를 병원에 맡기는 마음이 무거웠지만, 건강을 위해 필요한 과정이라는 생각으로 마음을 다잡았다. 순무가 입원실로 들어가고, 유리창 너머로 순무를 바라보며 "안녕"을 건넸다. 순무가 좋아하는 담요와, 원숭이 인형을 같이 안에 넣어주고 떨어지지 않는 발걸음을 돌려 회사로 향했다. 마취 사고에 대한 걱정과 불안감에 도저히 일에 집중할 수 없었다. 오후 2시 50분, 병원에서 전화가 왔다. 순무는 수술을 잘 마치고 회복실에 있다는 소식과 함께 순무의 사진을 받았다. 사진 속 순무는 마취가 덜 풀린 듯 멍한 얼굴이었지만, 귀여우면서도 안쓰러웠다. 수술 후 하루 입원하여 조용하고 안전한 환경에서 충분히 휴식을 취했다. 입원하는 동안 병원과의 연락을 통해 순무의 상태를 확인할 수 있었다.

다행히 밥도 잘 먹고, 잘 싸고, 평상시 순무처럼 지내고 있었다. 퇴근하고 집에 돌아와 내일 순무가 먹을 부드러운 치료식 사료를 정리했다. 간단히 씻고 잠자리에 들었지만, 순무가 걱정되어 잠을 설쳤다. 아침에 눈을 뜨자마자 순무를 데리러 가기 위해 서둘러 세수하고 옷을 갈아입었다.

'어젯밤 아프지 않고 잘 잤을까?', '집이 아닌 장소라 힘들지는 않았을까?'

걱정스러운 마음에 빨리 병원에 가고 싶었지만, 아직 예정된 퇴원 시간이 남아 있었다. 간단히 식사하고, 순무를 위해 준비한 부드러운 치료식 사료를 챙겼는지 확인했다. 사료에는 순무가 좋아하는 닭고기와 야채가 들어 있었다. 순무가 집으로 와서 맛있게 먹어주길 기대하며, 병원으로 향했다. 순무의 중성화 수술 후 만남은 두 번의 경악으로 시작되었다. 간호사 선생님 품에 안겨 나오는 순무는 나와 동생을 보자 꼬리를 살랑살랑 흔들며 신이 났다. 간호사 선생님이 순무를 조심히 내려놓자, 후다닥, 우리에게 뛰어왔다. 도저히 수술 후 24시간이 지난 강아지의 모습이 아니었다. 아직 상처 부위에 통증이 심할 텐데, 우리가 몹시 보고 싶었나 보다. 나와 동생은 수술이라는 사실이 없었던 것처럼 몸을 마구 움직이는 순무의 모습에 놀라 소리쳤다.

"순무야 조심해!"

순무는 온갖 오두방정을 떨어서 간호사 선생님도 웃어버리고 말았다. 순무와의 격렬한 만남 후, 담당 의사 선생님을 만나 순무의 상태를 자세히 물어봤다. 선생님 말씀에 따르면, 순무는 어젯밤 괜찮게 지냈고, 수술도 잘 됐다고 했다. 하지만 아직 완쾌되지는 않았기 때문에, 일주일간 관리가 필요하다는 설명을 들었다. 진료를 마치고 약값과 입원료를 결제했다. 순무의 안전을 위해 강아지 캐리어에 넣어 이동하기로 했다. 하지만 순무는 간단하게 굴하지 않았다. 가방에 들어가지 않으려고 발버둥 치는 순무, 그리고 상처가 벌어질까 봐 안절부절못하는 나와 동생. 상처가 터질까 봐 손에 땀을 쥐었다. 결국 간식으로 유혹하고 달래서 어떻게든 캐리어에 넣어 이동할 수 있었다. 집에 도착하자마자 캐리어를 연 순간, 순무가 쏜살같이 뛰쳐나와 부웅~ 하고 날더니 소파 위로 슝! 하고 올라갔다. 나와 동생은 또 다시 놀라서 비명을 질렀다. 하지만 순무는 상처는 아무것도 아닌 듯 소파를 뛰어다녔다. 우리는 순무의 뒤를 따라다니며 말리며 걱정했지만, 순무는 아무렇지도 않은 듯했다.

"무슨 강아지가 이래?"

"순무야! 너 안 아파?"

집에 온 게 좋은지 순무는 집안을 이리저리 뛰어다녔다.

"안돼, 하지 마! 가만히 있어!"

진짜 이 강아지 뭐지? 싶었다. 수술 후에도 불구하고 이렇게 생기발랄한 순무의 모습에 감탄과 걱정이 공존했다. 순무에게 소화하기 좋은 부드러운 치료식 사료를 먹이고, 옆에서 조용히 시간을 보냈다. 그렇게 순무는 사료를 맛있게 먹고, 편히 잠이 들었다.

"역시 비싸고 잘하는 병원에서 하길 잘했다. 얼마나 수술이 잘 됐으면 아프지도 않은 지 점프하고 난리잖아."

그래도 동생의 말에 안도의 한숨과 허탈한 웃음이 흘러나왔다. 그래 좋은 게 좋은 거라고 비록 내 지갑은 가벼워졌지만, 순무만 건강하다면 그깟 돈은 아깝지 않았다. 다시 벌면 그만이니까! 내가 수술 후 가장 힘든 점은 순무의 활동을 제한해야 한다는 것이었다. 에너지 넘치는 순무는 움직임을 제한당해 스트레스를 받았다. 봉합 부위가 터지지 않도록 뛰기나 산책을 제한하고, 매일 소독하고 깨끗하게 유지했다. 수술 부위를 핥지 못하도록 수술복과 목 카라도 착용했다. 순무는 수술복과 목카라를 2~3일 동안 불편해하는 모습을 보였지만, 곧 잘 회복했다. 일주일 뒤 병원에 가서 실밥을 제거하고 순무는 평소처럼 다시 뛰어놀 수 있었다. 순무는 내 생각보다 훨씬 용감하게 수술을 견뎌냈다. 순무의 건강과 행복을 위해 중성화 수술을 결정한 것은 후회 없는 선택이었다.

생일 축하해,
순무의 입양 기념일

　인간과 동물의 큰 차이점 중 하나는 평범한 일상에 특별한 의미를 부여하는 거라고 한다. 그래서 우리는 어제와 똑같은 오늘, 새해, 생일, 1,000일 등의 이름을 붙여 기념하며 일상에 특별함을 더한다. 그렇다면 동물들에게 하루는 아무런 의미가 없는 걸까? 만약 동물들이 말할 수 있다면 뭐라고 대답할까?

　"나에게도 기억하고 싶은 소중한 순간이 있어요."라고 대답할지도 모른다. 말을 할 수 없지만, 그들에게도 간직해온 소중한 순간들이 있을 것이다.

　나도 순무에게 특별한 나날을 선물해 주고 싶었다. 유기 동물 앱에 올라온 순무의 공고 글에는 2011년생 추정이라고만 쓰여 있었다. 언제 어디에서 태어났는지, 몇 살인지조차 정확히 알 수 없는 순무와 가족이 된 지 어느덧 3년이 흘렀다. 그 많은 날 중에서 순무의 정확한 생일을 알 수 없었던 것은 아쉬움이 남았다. 일반적으로 반려동물의 생일을 기념하는 경우가 많지만, 우리 가족은 순무를 맞이한 날을 '입양 기념일'이라 부른다. 버려지고 소외된 강아지였던 순무에게 새로운 삶을 선물하는 의미 있는 날이기 때문이다. 또 유기 동물들에게 관심을 돌리고 입양을 장려하는 의미를 담고 있다. 그래서 우리 가족은 3월 16일, 순무를 가족으로 맞이한 날을 '입양 기념일'이자 생일로 정하기로 했다. 매년 이날에는 순무를 위한 특별한 간식을 준비하고, 순무가 좋아하는 푸르른 잔디가 가득한 곳으로 산책가고, 기념사진을 찍으며 소중한 나날을 기념한다.

2022년 6월 24일, 순무가 우리 가족의 일원이 된 지 100일이라는 특별한 날을 맞이했다. 이날은 매우 의미가 깊었다. 우리는 순무가 안정감을 느끼고 새로운 가족과의 삶에 적응할 수 있도록 따뜻한 환영의 의미를 담아 소소한 파티를 준비했다. 거실은 알록달록한 풍선과 리본으로 장식되었고, 순무만을 위한 강아지용 케이크를 주문했다. 순무는 알쏭달쏭한 표정으로 눈을 동그랗게 뜨고 주위를 살펴보았지만, 곧 처음 보는 맛있는 냄새가 나는 케이크가 순무의 눈을 사로잡았다. 케이크를 보는 순간부터 신난 듯 꼬리를 살랑살랑 흔들었다. 준비한 것들을 예쁘게 차려놓고 순무와 사진 촬영을 했다. 다양한 포즈와 귀여운 표정을 담은 사진들은 SNS 친구들로부터 축하도 받았다. 함께 케이크를 먹고, 놀이를 즐기며 순무와 더욱 돈독한 유대감을 형성할 수 있었다.

2023년 3월 16일, 순무를 가족으로 맞이한 첫 번째 입양 기념일을 맞이했다. 우리는 반려동물 펜션으로 여행을 떠났다. 넓은 잔디에서 순무는 마음껏 뛰어놀았고, 다른 강아지들과도 즐겁게 어울렸다. 저녁에는 펜션에서 준비한 특별한 저녁 식사를 함께했다. 순무를 위해 준비한 맛있는 케이크를 먹는 모습을 보며 우리 가족도 큰 기쁨을 느꼈다. 이날은 순무와 우리 가족 사이의 거리를 좁히고, 서로에게 더욱 친밀해지는 계기가 되었다.

2024년 3월 16일, 두 번째 입양 기념일을 맞이한 순무는 이제 우리 가족의 든든한 일원이 되었다. 3살이 된 순무에게는 특별한 장난감을 선물했다. 여러 가지 과제를 해야만 간식을 얻을 수 있는 지능형 장난감이었다. 새로운 장난감에 금방 적응했고, 열심히 과제를 해결하며 간식을 먹었다. 귀여운 디자인의 커스텀 케이크를 주문했다. 케이크에는 순무의 얼굴이 그려져 있었고, 순무가 좋아하는 고구마를 사용했다. 벽에는 포토존을 만들어 기념사진을 촬영할 수 있도록 형형색색의 장식으로 더욱 특별하게 만들었다. 가족 모두가 모여 파티를 열었다. 순무는 자신의 얼굴이 그려져 있는 케이크를 보고 빨리 먹고 싶어 난리가 났다. 우리 가족은 입을 모아 순무의 생일 노래를 불렀다. 그렇게 순무는 우리 가족의 사랑과 관심에 둘러싸여 행복한 생일을 보냈다. 순무에게 잊지 못할 추억을 선물했고, 더욱 특별한 입양 기념일이 되었다.

내년 생일에는 순무의 존재 자체에 감사하며, 다른 동물들에게도 사랑과 관심을 나누고 싶다. 그래서 순무의 이름으로 보호소에 후원하고, 기부하기로 결정했다. 순무가 자기와 똑같은 유기견 출신 동물에게 희망을 선물하는 더욱 의미 있는 입양 기념일을 보낼 것이다. 3월 16일이 다가올 때마다, 순무의 입양 기념일과 생일을 기념하기 위해 더욱 특별한 계획을 세운다. 순무가 좋아하는 장소로 떠나는 여행을 계획하거나, 순무의 건강과 행복을 위해 건강검진을 예약하여 순무가 항상 최상의 상태를 유지할 수 있도록 노력한다. 이 모든 것은 순무가 우리 가족에게 가져다준 사랑과 기쁨에 대한 감사의 표시이다. 어쩌면 순무의 입양 기념일은 단순한 하루를 넘어 우리가 어떻게 서로를 찾아 행복을 나누게 되었는지, 앞으로도 서로의 삶을 풍요롭게 할 것이라는 약속을 의미하는 중요한 날이다. 순무와의 시간은 나에게 인생에서 가장 소중한 순간 중 한 조각임을 일깨워 준다.

순무와 함께한 3년은 눈 깜짝할 사이에 지나갔다. 순무에게도 기억하고 싶은 순간들이 많아졌을까? 처음으로 집에 온 날, 처음으로 밖으로 산책하러 간 날, 처음으로 간식 먹었던 날. 모든 순간이 소중하고 특별한 추억이 되었으면 좋겠다.

만약 순무가 말할 수 있다면 이렇게 말했으면 좋겠다.

"언제 어디에서 태어났는지 정확히는 모르지만, 지금 가족과 함께한 모든 날이 나에게는 소중한 기억이에요. 첫 생일파티 한 날은 잊지 못할 거예요. 앞으로도 우리 가족과 함께 더 많은 소중한 순간을 만들고 싶어요."

동물들의 눈에는 우리처럼 똑딱거리는 시계가 보이지 않지만, 그들만의 방식으로 소중한 순간들을 간직하고 기억할 것이다. 반려인이 반려동물들에게 주는 사랑과 관심은 그들에게 소중한 순간을 만들어 준다. 함께 산책하고, 놀고, 먹이를 주고, 그냥 옆에만 있어도 좋은 그 모든 순간이 동물들에게는 잊지 못할 추억이 될 것이다. 매일 산책 시간을 기다리는 강아지, 저녁 식사 시간이 되면 밥그릇을 가져오고, 내가 퇴근할 때 문 앞에서 기다리며 꼬리를 흔들며 반기는 모습들 모두 시간을 기억하고 있다는 증거가 아닐까? 강아지의 시간 개념은 우리와 다르지만, 즐거웠던 감정은 영원히 간직될 것이다. 나는 순무의 기억 속에 함께 남아줄 수 있도록 노력할 것이다. 순무와 함께하는 시간은 나에게도 시간이 지나도 매일 꺼내볼 추억으로 남을 것이니까.

TO. 순무에게

순무야, 생일 축하해! 네가 우리 가족이 된 지 3년이라는 시간이 흘렀다는 게 믿기지 않아. 그동안 너는 우리 가족에게 큰 행복을 느끼게 해줬어. 네가 우리 집에 처음 온 날을 아직도 생생하게 기억하고 있어. 넌 아주 작고 귀여웠고, 뛰어다니며 집 안을 둘러보던 모습이 너무 사랑스러웠지. 이제 너는 우리 가족에게 없어서는 안 될 존재가 되었어. 네 덕분에 항상 웃음이 끊이지 않고, 집 안 분위기도 따뜻해졌어.

우리 함께 지낸 3년, 너에겐 얼마나 많은 기억으로 남았을까? 앞으로도 함께 걷는 시간, 더 많은 즐거움을 나누자.

내가 항상 말하잖아, 내가 돈 버는 이유가 뭐라고? 바로 순무의 간식과 장난감을 마음껏 사줄 수 있기 위해서야! 그러니 오랫동안 건강하고 행복하게 함께 지내자.

오늘도 여전히 밝고 씩씩하게 달리는 순무가 되길 바라. 사랑해, 순무야!

P.S. 내년 생일 선물 받고 싶은 거 있으면 말해줘! 다이어트 성공해서 커다란 케이크 먹자! 알겠지?

사랑하는 언니가

개 집사의
24시간

5:00 1차 기상

새벽어둠 속에서 희미하게 밝아오는 하늘을 배경으로, 따뜻한 숨결과 부드러운 털이 얼굴을 스치고 촉촉한 코가 코끝을 간지럽힌다. 눈을 뜨자 아침햇살을 담은 커다란 눈망울이 나를 바라보며 꼬리가 흔들린다. 반려견 '순무'의 귀여운 굿모닝 콜이다. 이 순간부터 시작되는 반려인의 하루는 마치 끝없는 롤러코스터와 같다. 순무와의 하루, 설렘과 행복, 그리고 따스한 책임감이 가득한 24시간이 시작된다.

6:00 2차 기상

다시 잠에 곯아떨어져 자는 사이, 순무는 침대에 뛰어올라 나를 깨우려 애쓴다. 발로 머리를 툭툭 때리는 짓궂은 짓과 코를 쿡쿡 찌르며 애교를 부리는 모습에 어쩔 수 없이 웃음이 터져 나온다. 순무의 귀여운 공격에 더 이상 누워 있을 수 없다. 자리를 박차고 일어난다. 머리를 부드럽게 쓰다듬어주고, 순무의 촉촉한 코를 살짝 눌러주며 굿모닝 인사를 나눈다.

6:30 출근 준비

사랑하는 반려견과의 아침 시간을 아쉬워하면서, 하루를 시작하기 위한 준비가 시작된다. 출근 준비를 하면서 졸린 눈으로 화장실까지 쫓아와서 내가 씻는 모습을 확인하는 순무. 다른 가족들이 자는 방으로 들어가 꿀잠을 자다가도 중간중간 내가 옷을 고르고 화장할 때 한 번씩 확인차 나타난다.

7:00 출근

작별 인사를 할 때면 언제나 아쉬움이 가득하다. 순무의 귀여운 얼굴을 한 번 더 보고 싶지만 나를 배웅하지 않고 다른 방에서 자는 경우가 많아, 순무의 무관심에 섭섭함을 느낀다. 뒤도 돌아보지 않는 모습이 웃기기도 하지만, 가끔은 일어나서 나를 배웅해 주는 순간들이 정말 귀엽다.

"순무야, 언니 출근한다? 언니 간다니까! 참, 눈 하나 깜짝하지 않는구나. 이런 강아지가 어디 있어!"

순무는 여전히 움직임 없이 누워 있다. 문을 열고 나가려는데, 순무가 천천히 일어나더니 나를 배웅해 주기 시작한다.

"웬일로 일어났어? 고마워, 순무야."
내가 순무의 머리를 부드럽게 쓰다듬자, 순무가 살짝 꼬리를 흔들며 내 손을 핥았다. 순무의 모습에 웃음이 나오며 문을 나선다.

"순무야, 언니 다녀올게!"

작별 인사를 하며 순무의 귀여운 모습을 보는 것은 언제나 기쁨이다. 하루 종일 순무를 혼자 남겨두는 죄책감과 그리움이 밀려오지만, 순무를 위해 더 열심히 일해야 한다는 책임감도 느낀다. 퇴근 후에는 반드시 순무와 함께 즐겁게 지내겠다는 약속을 하며 순무의 모습을 마지막으로 바라보며 문을 닫고 출근길에 오른다.

9:00 – 18:00 근무

바쁜 업무 속에서도 집사의 머릿속에는 늘 순무의 모습이 스쳐 지나간다. '지금 무엇을 하고 있을까?', '배가 고파지지 않았을까?', '외롭지 않을까?' 끊임없는 걱정과 보고 싶은 마음이 업무에 집중하는 것을 방해하기도 한다. 집에 다른 가족이 있다면 순무의 모습을 담은 사진이나 영상을 보내달라고 부탁하기도 하고, 퇴근 시간이 다가올수록 빨리 집으로 돌아갈 수 있도록 마음을 다잡는다.

19:00 퇴근

퇴근 후 집으로 가는 차 안, 꽉 막힌 도로지만 나에겐 천국으로 가는 길처럼 느껴진다. 집에 도착해서 현관문을 열면 문 앞에서 날 기다리고 있는 순무의 얼굴, 거실에서 순무의 뛰어오는 모습을 보는 순간, 모든 피로가 사라지고 세상 모든 행복이 밀려온다. 뜨거운 포옹과 순무의 촉촉한 코가 선사하는 애정은 집사의 하루를 완성하는 가장 아름다운 보상이다.

20:00 저녁 식사

오늘도 순무는 내 저녁 식사를 면밀히 관찰하고 있다. 항상 내가 무엇을 먹는지, 혼자 고기를 먹지는 않는지 살펴본다. 그러고는 자신도 달라며 초롱초롱한 눈동자 공격을 한다. 순무의 건강을 위해서 애써 무시하고 식사를 계속한다. 순무의 귀여운 공격에 결국 항복하고 조금만 순무에게 고기를 나눠준다. 순무는 고기를 맛있게 먹고 나면 목적 달성, 나에게 더 이상 볼일 없다는 듯이 자신의 쿠션에서 편안하게 누워 쉰다. 이럴 때면 참 얄밉다.

22:00 산책

반짝이는 가로등 불빛이 길을 비추는 밤 10시. 저녁 식사를 마치고 순무와 함께 나서는 산책은 하루의 피로를 풀고 행복을 가득 채우는 특별한 시간이다. 순무는 오늘도 꼬리를 마구 흔들며 앞장서서 걷는다. 공원에서 뛰어다니며 신나게 노는 순무의 모습. 이 산책을 기다렸다는 듯이 즐기는 순무의 모습. 나도 그런 순무를 보며 순간순간 느끼는 행복을 카메라에 간직한다. 오늘 밤, 천천히 걸어가면서 산책길에 잠깐 머물러 본다.

24:00 취침

순무와 나는 한 침대를 공유하는 사이다. 순무는 항상 내 발밑에서 잠을 잔다. 잠들기 전 반려견의 부드러운 털을 쓰다듬으며 그날 있었던 일들을 이야기하는 시간은 특별한 위안이 된다. 반려견의 따뜻한 숨결과 고요한 밤은 집사에게 평화와 안정감을 선사하며, 다음 날 아침 또다시 반려견과 함께 새로운 하루를 시작할 준비를 한다.

주말 특별 활동

산책: 평소보다 더 오래 산책하거나, 새로운 코스를 탐험한다.

놀이 시간: 좋아하는 장난감으로 함께 놀거나, 야외에서 활동한다.

데이트: 반려견과 함께 카페나 공원, 놀이터를 방문한다.

강아지 반려인의 삶은 쉽지 않다. 하루 종일 그의 곁을 지켜야 하고, 모든 욕구를 충족시켜 줘야 한다. 때로는 피곤하고 지칠 때도 있지만, 반짝거리는 눈빛을 보면 다시 일어날 힘을 얻기도 한다. 나는 항상 순무에게 최고의 반려인이 되어주기 위해 노력한다. 그가 행복하고 건강하게 살 수 있도록, 내가 할 수 있는 모든 것을 다할 것이다. 사랑하는 반려견과 함께하는 하루는 비록 힘들고 바쁘지만, 세상에서 가장 아름답고 소중한 시간이다.

사랑은
이어달리기

첫 번째 사랑이 끝나고 난 뒤, 종종 후회와 미련을 가지고 살아간다. "더 잘해줄걸.", "더 많이 사랑할걸." 하는 아쉬움과 후회는 두 번째 사랑으로 이어진다. 미완으로 남은 사랑을 두 번째 사랑에 모든 것을 쏟아부으며 완벽한 관계를 만들고 싶어 한다. 이러한 심리는 강아지를 키우는 경험에서도 나타난다. 첫 번째 강아지에게 부족했던 부분들에 대한 죄책감과 미안함은 다음 강아지에게 더 많은 것을 해주고 싶은 마음으로 이어진다. 나 또한 첫 번째 강아지 '미키'에게 못해 준 것을 두 번째 강아지 '순무'를 통해 사랑 이어달리기를 시작했다.

첫 번째 강아지 미키에게 충분히 시간과 관심을 주지 못했다는 죄책감을 항상 가지고 있다. 당시 20대 초반이었던 나는 친구와 노는 것이 더 중요했기 때문에 미키와 보낼 수 있는 특별한 순간들을 자주 만들지 못했다. 강아지를 키우기 초보였기에 강아지를 키우는 것이 그저 함께 시간을 보내며 놀아주는 것뿐이라고 생각했다. 미키에게 필요한 것이 훨씬 더 많다는 것을 깨달았을 땐 미키는 세상을 떠났고, 나는 후회와 아쉬움에 몸부림쳤다. "더 많이 놀아주고, 더 자주 밖으로 나가 산책을 시켜주며, 다른 강아지 친구들을 만나게 해줄 수도 있었을 텐데." 하는 생각이 늘 내 마음 한구석을 차지하고 있다. 그렇게 미키를 보낸 후, 한 가지 다짐을 했다. 만약 다시 강아지를 키울 기회가 오게 된다면, 후회 없는 사랑을 베풀겠다고. 그렇게 두 번째 강아지 순무가 우리 집에 오게 되면서 미키와의 시간에서 배운 교훈을 적용하기 시작했다.

나는 순무의 '강아지 친구 만들기' 프로젝트를 시작했다. 미키는 대부분의 시간을 집에서 나와 함께 보냈고 다른 강아지들과의 교류가 거의 없었다. 그래서 다른 강아지와 사람들에게 적대감과 공격성을 가지고 있었다. 그것이 미키를 힘들게 한다는 것을 알았고, 순무에게는 다양한 강아지들과의 사회화 경험이 필요하다고 생각했다. 순무에게는 다름을 선사하기 위해 정기적으로 강아지 공원을 방문하고, 이웃에 사는 강아지들과의 만남을 주선했다. 순무는 새로운 친구들과 뛰어노는 것을 매우 즐겼고, 점차 더 사교적인 강아지로 성장해 갔다. 더 나아가 미키와 함께하지 못했던 훈련소에서의 교육을 순무에게는 시켜주기로 했다. 미키를 키울 때는 집에서 간단한 훈련을 시켜본 적은 있지만, 전문가의 도움을 받아 본 적은 없었다. 순무에게는 다르게 접근하고 싶었다. 전문가의 도움으로 순무는 "앉아.", "기다려.", "옆에." 같은 기본적인 명령을 빠르게 배웠고, 사람들과 다른 동물들과의 상호작용 방법도 배웠다. 이러한 훈련은 순무가 사회화되는 데 큰 도움이 되었으며, 순무와 나 사이의 소통도 크게 원활해졌다.

순무가 규칙적으로 강아지 운동장을 방문하는 일정을 만들었다. 미키와의 일상에서 이 부분이 빠져 있었다는 것은 나의 커다란 후회 중 하나였다. 이런 공간이 없었기 때문에 미키와 함께한 산책은 주로 집 근처를 짧게 도는 것이 전부였다. 순무에게는 다양한 신체 활동과 자유를 제공하고 싶었다. 넓은 잔디밭 위를 마음껏 뛰노는 순무의 모습에서, 강아지의 행복이 얼마나 중요한지 직접 볼 수 있었다. '이런 순간들을 미키와 공유했어야 했는데.' 하는 아쉬움을 순무와의 시간으로 그 아쉬움을 조금씩 달래고 있다. 미키의 산책은 하루에 한 번, 그것도 짧게만 진행되었다. 바쁜 일상에서 충분한 산책을 시켜주지 못한 것이 항상 마음에 걸렸다. 순무와는 가능한 하루에 최소 두 번, 아침저녁으로 길게 산책을 시켜주려고 노력했다. 퇴근 후에도 짧게나마 꼭 시간을 내어 걸었다. 어찌 보면 귀찮기도 한 산책이 나에게도 하루의 스트레스를 풀어주는 소중한 시간이 되었다.

미키에게는 해주지 못했던 것들을 순무에게 해주기로 한 결심은 나에게도 큰 배움의 기회가 되었다. 강아지와 함께하는 삶은 단순히 존재만으로 완성되는 것이 아니라, 서로에게 필요한 것을 이해하고 그것을 충족시켜

줄 때 더욱 풍요로워진다는 것을 깨달았다. 물론 첫 번째 강아지 미키에게도 최선을 다했지만, 어쩌면 그 경험을 통해 배운 교훈들은 두 번째 강아지 순무를 위한 것보다 나은 환경을 마련하는 데 결정적인 역할을 했다. 미키와 순무 모두에게 사랑을 줬지만, 순무에게는 미키에게 못해 준 것들을 만회하려는 노력이 더해졌다. 결국, 강아지를 키우는 것은 끊임없이 배우고, 발전하는 과정이며, 모든 강아지가 각자의 방식으로 우리에게 행복을 준다는 것을 깨달았다.

사랑은 이어 달린다. 새로운 형태로 이어져 나간다. 내가 미키에게 주었던 사랑은 순무에게 이어졌고, 순무에게 쏟는 사랑은 앞으로 또 다른 사랑으로 이어질 것이다.

최고의 응원단장,
나의 반려동물

　삶이란 혼자 걷는 긴 여정이라 한다. 그러다 보면 어려움과 고독에 휩싸이고, 힘을 잃을 때가 있다. 하지만 우리 곁에는 항상 따뜻한 응원과 격려를 보내주는 존재가 있다. 바로 우리의 반려동물이다.

　촉촉한 코가 내 얼굴을 스치는 순간, 눈을 떴다. 따스한 혀가 살짝 핥으며 나를 반겨주는 것은 바로 나의 가장 친한 친구, '순무'다. 따스한 털과 촉촉한 코는 잠을 깨우는 최고의 알람이다. 반려견이란 단순히 인간의 곁을 지키는 동물이 아니다. 힘든 순간 위로해 주는 친구이자, 항상 침묵의 응원을 보내주는 반려동물은 최고의 응원단장이다! 계산적이지 않은 사랑으로 품어주기 때문이다. 함께 산책하며 아름다운 자연을 감상하고, 서로 눈빛만 보고도 마음을 통하는 순간은 언어로 표현할 수 없는 특별한 경험을 선사한다. 반려견과 인간은 언어를 공유하지 않지만, 서로의 마음을 이해하고 소통할 수 있다는 사실은 놀랍지 않은가?

순무는 나의 감정을 이해하고 공감하는 능력을 갖추고 있다. 힘든 순간, 순무는 언제나 나의 곁에 있다. 어느 늦은 밤, 예상에 없던 야근 후 지치고 침울한 마음으로 집에 돌아왔다. 문을 열자, 꼬리를 살랑살랑 흔들며 달려 오는 순무를 보았다. 초롱초롱한 눈빛으로 반기는 순무의 모습은 나의 피 로를 씻겨 주었다. 나는 아무 말 없이 순무의 털을 쓰다듬으며 오늘의 이야 기를 꺼냈다. 오늘 하루가 얼마나 힘들었고, 빨리 일을 마치고 집에 가고 싶었고, 회사를 때려치울까, 내가 왜 이러고 살아야 하나 등의 의미 없는 푸념 덩어리들을 쏟아냈다. 순무는 조용히 내 옆에 앉아 무슨 말인지도 모 르지만 귀 기울여 들었다. 순무는 말 한마디도 하지 않았지만, 존재 자체만 으로도 나의 상처를 치유해 주는 최고의 약이었다. 왠지 센치해지고 우울 했던 어느 날은, 순무는 장난감 공을 물고 나에게 다가왔다. 같이 놀아달라 는 듯이 나에게 공을 던지는 귀여운 모습과 애교에 웃음이 터져 나왔다. 순 무의 놀이에 동참하기로 한 나는 우울한 생각을 멈추고 끊임없이 공을 주 고받으며 순무만의 위로를 듬뿍 받았다. 그렇게 순무는 나의 우울함을 즐 거움으로 채워주었다. 어떤 일이 있어도 변함없이 나를 사랑하는 존재가 바로 '순무'다. 아무리 실수해도, 못난 모습을 보여도 언제나 꼬리를 살랑이 며 나를 맞이해준다. 무조건적인 사랑은 나에게 큰 용기를 주고, 매일 새로 운 날을 시작할 힘이 되기도 한다. 반려견과 함께 살면서 나는 책임감과 배 려를 키우게 되고, 다른 사람을 이해하고 돌보는 법을 배우게 되었다.

반려견과 함께하는 삶은 긍정적인 에너지로 가득 차 있다. 행복하고 따뜻하다. 나는 나의 반려동물, 순무에게 진심으로 고마움을 전한다. 나의 삶에 가장 소중한 존재, 나의 행복을 위해 항상 노력해 주는 최고의 응원단장, 없어서는 안 될 가족이자, 든든한 친구, 내 마음을 읽고 공감해 주는 심리 상담사 같은 존재다. 연예인들도 자신의 팬들에게 항상 좋은 모습만 보이고 싶어 하는 것처럼 나도 순무 덕분에 더 나은 사람이 되고 싶은 마음이 생겼고, 자랑스러운 모습을 보여주고 싶어졌다. 순무를 통해 얻은 긍정적인 동기를 바탕으로 꾸준히 노력한다면, 분명히 순무에게 부끄럽지 않은 반려인이 될 수 있을 것이다.

만약 당신도 마음 따뜻한 친구와 함께 행복하고 싶다면,

당신의 삶에 완벽한 팬, 반려견을 맞이해보는 건 어떨까?

😊 순무의 일기: 사랑과 장난감으로 가득한 행복한 집

오늘도 사랑과 장난감으로 가득한 행복한 하루였어요! 난 정말 운이 좋은 강아지라고 생각해요. 이렇게 따뜻한 집에 입양되었으니까요!

햇살 가득한 아침, 푹신한 침대 위에 누워서 늦잠을 자고 있었어요. 천천히 눈을 뜨니 친절한 얼굴의 언니가 미소를 지으며 다가왔어요.

"오늘도 잘 잤니? 순무야"

언니의 목소리는 항상 따뜻하고 부드러워요. 그리고 내가 가지고 싶어 하는 모든 장난감을 사줘요! 빨간 공, 뼈 모양 장난감, 귀여운 동물 모양 인형, 흥미진진한 노즈 워크 장난감 등등 이제는 장난감이 너무 많아서 어떤 것부터 가지고 놀지 고민이 될 정도예요. 그중에서도 내가 제일 좋아하는 장난감은 원숭이 삼 형제랑 불빛이 나는 공이에요! 원숭이들은 나의 가장 친한 친구이자 잠을 잘 때 나를 지켜줘요. 불빛이 나는 공은 어두운 밤에도 즐겁게 놀 수 있게 해줘요.

오늘은 언니가 또 새 장난감을 사 왔어요! 빨간, 노랑, 초록 3가지 색의 공이었는데, 언니가 공을 던지면 내가 뛰어가서 공을 재빨리 물어 오는 놀이를 몇 번 했어요. 언니는 내가 공을 잡을 때마다 "잘했어! 순무야."라고 칭찬해 줘요. 너무 재밌어요!

사실 여기서 지내면서도 다시 버려질까 봐 두려웠지만, 이제는 그런 걱정이 전혀 없어요. 나를 영원히 사랑하고 돌봐줄 거라고 약속했거든요. 나는 이제 더 이상 외롭지 않아요. 이제 더 이상 버려진 유기견이 아니에요! 사랑과 장난감으로 가득한 집에서 우리 가족들과 함께 살아가고 있어요!

사랑받는 가족의 일원이고, 행복이 가득 찬 견생을 살아가는 "순무"예요!

가을: 추억을 쌓는 기간

나뭇잎 맛집 발견!!

순무가 좋아하는 나뭇잎 한가득,

너랑 밟는 낙엽의 바삭바삭 소리 너무 좋다.

#순무취향저격   #추억   #힐링

순무꽃이 피었습니다!

푸른 가을 하늘과 잘 어울리는 순무의 해맑은 미소,

보는 사람 모두를 행복하게 만들어주는 마법 같은 꽃입니다.

#꽃미모　#행복　#반려견

기록 넷,

달려라, 순무!

세상을 향해 달려가기

집순이 산책시켜 주는
강아지

　강아지를 키우는 반려인은 매일 강아지에게 산책을 시켜줄 책임이 있다. 그러나 게으른 나를 산책을 시켜주는 건 오히려 강아지인 것 같다. 10년 동안 미키를 키우면서 늘 마음속에 드는 생각은 "오늘 산책 쉬어도 될까?"였다. 나는 운동도 싫어하고 밖에 나가는 것도 싫어하는 집순이기 때문이다. 사실 미키의 산책을 몇 번 빼먹은 적도 많다. 그래서 순무는 내가 귀찮더라도 힘들더라도 산책은 꼭 나가야 한다는 마음이 있었다.

　대부분의 강아지는 산책을 좋아하지만, 순무는 특별히 산책을 사랑하는 강아지다. 밥이나 간식은 거를 수 있지만 산책을 하루라도 빼먹으면 악마견으로 변한다. 산책을 하지 않으면 밥도 잘 먹지 않는다. 그 어떤 것보다 산책하는 것을 가장 좋아한다. 가끔은 너무 귀찮거나 피곤해서 오늘 하루쯤은 쉬고 싶다가도, 산책이 유일한 낙이자 삶의 전부인 순무를 보면 없던 힘도 생긴다. "산책하러 갈까?" 하면 꼬리를 힘차게 흔들며 온몸으로 기쁨을 표현하는 순무가 안쓰러워서라도 산책 줄을 매고 운동화를 신게 된다. 그렇게 3년이 넘도록 퇴근 후, 휴일에 나를 산책시켜 주는 우리 반려, 순무 덕분에 나도 산책을 즐길 줄 아는 집순이가 되었다.

매일이 첫 산책인 것처럼 언제나 신나게 냄새를 맡고, 뒷발차기를 하며, 웃고 행복해하는 순무. 순무에게는 밥과 간식, 깨끗한 물, 푹신한 잠자리만 있으면 그 이상의 것이 별로 필요하지 않다. 계절과 날씨를 만끽하며 그곳이 어디든 네발로 길을 따라 산책만 할 수 있으면 그걸로 충분하니까!

그런 순무를 볼 때면 살아갈 힘을 얻을 때가 많다. 삶이 허무해지는 날에도, 너무 힘들고 우울한 날에도, 모든 걸 포기하고 싶다고 느껴지는 날에도 순무와 함께 걷는다. 그렇게 순무를 따라 걷다 보면 싱그러운 꽃향기를 맡기도 하고, 푸른 하늘이 참 아름답다는 생각이 들기도 한다. 핑크빛 저녁노을이 지는 하늘도 한 번 쳐다보게 된다. 순무는 나와 달리 세상을 지루해하지 않는다. 똑같은 길, 똑같은 풍경인데도 순무의 눈은 항상 반짝인다. 순무에게는 어제와 오늘은 또 다른 하루라서, 그저 오늘 하루에 집중한다. 그런 강아지를 보면 인간은 참 복잡하고 살기 힘든 동물이라는 생각이 든다.

난 어렸을 때부터 독립적이었다. 부모님도 일찍부터 바쁘셨고, 3살 어린 동생을 돌보느라, 언제나 성숙하고 책임감 있는 모습을 보여야 했다. 그래서 더 무조건적인 사랑이 절실했는지도 모른다. 미키도 그랬고, 순무도 처음 본 순간부터 내게 한결같은 사랑을 주었다. 변함없이 내 곁을 지켜주고, 애정 어린 눈길로 바라봐 주고, 내가 어떤 사람이든지 상관없다는 듯 이 사랑은 변하지 않을 것이라는 믿음을 줬다. 그저 함께 있는 순간, 그들은 나에게 전부를 주었다. 산책하는 순간순간 나를 힐끗힐끗 바라보는 순무의 표정은 말로 표현하기 어려울 만큼 오로지 애정으로 가득 차 있다. 이런 기분을 조금이라도 더 느끼고 싶어서라도 귀차니즘을 이겨내고 산책을 하러 나가게 된다.

순무를 입양했던 계절은 봄이었다. 순무와 산책을 하다 보니 봄이 지나 여름이 오고, 가을을 넘어 겨울을 보내면 다시 봄이 오는 계절과 날씨의 변화가 꼭 우리를 위한 선물 같았다. 봄의 꽃들, 여름의 푸르름과 가을의 낙엽 소리, 겨울의 하얀 눈밭. 어제 봤던 벚꽃이 얼마나 예쁘게 피었는지, 햇볕이 얼마나 더 따뜻해졌는지, 비가 온 다음에는 거리의 냄새가 얼마나 짙고 선명해졌는지도 알게 되었다. 산책을 즐기지 않고 집과 사무실에서 대부분의 시간을 보낼 땐 느끼지 못했던 것들이다.

산책길에서는 다양한 재미있는 일들이 벌어진다. 지난여름, 산책하다가 갑자기 쏟아지는 비를 맞은 적이 있다. 나름대로 빗속을 걷는 것은 생각보다 즐거웠다. 순무는 비둘기를 쫓기도 하고, 흥분해서 리드 줄을 끌고 달려가기도 한다. 풀밭에 누워 햇볕을 즐기며, 흙을 파고 지렁이를 발견하면 지렁이 향수를 온몸에 묻힌다. 물론, 가끔은 시시콜콜한 시비를 거는 사람들과 마주치기도 하지만, 순무 덕분에 따뜻하고 친절한 사람들과의 만남을 더 많이 경험하게 되었다. 순무를 그저 귀여워해 주는 사람, 순무의 나이와 성별을 궁금해하는 사람, 순무와 인사를 나누고 싶어 하는 사람 등 순무 덕분에 많은 사람과 대화를 하게 된다. 낯선 사람과 소소한 대화 한마디 나눌 일 없는 요즘, 순무와 산책하며 사람들과 이야기를 나누는 일은 매번 신기하다. 강아지는 사람들을 연결해 주는 역할을 한다고 하던데, 역시 맞는 말이라는 생각이 든다.

강아지에게는 과거와 미래의 개념이 없다고 한다. 그래서 현재에만 오롯이 충실할 수 있는지도 모른다. 그저 오늘 하루 건강하게, 잘 먹고, 잘 자고, 함께 산책하고 말이다. 그렇게 즐기는 순무를 보면 나도 자연스럽게 현재에 집중하게 된다. 편안하게 잠들고, 가끔 좋은 곳으로 놀러 다닐 수 있다면 더 바랄 게 없다는 생각이 든다. 무엇보다도 가장 중요한 건 이 모든 순간을 순무와 함께 나눌 수 있다는 것이다.

강아지에게는 과거의 개념이 없다고 하지만, 그동안 또 앞으로도 순무와 함께 걷는 모든 산책길이 순무에게도 행복하고 소중한 기억이 되길 바란다. 기억 못하더라도 몸속 어딘가에 같이 걷던 발걸음 리듬, 햇빛의 온도,

나무 냄새와 바람 소리가 새겨져 있을 것이다. 순무를 키우며 매일 다짐한다. 나는 순무의 언니니까. 순무가 세상에서 제일 행복한 강아지가 되도록 할 수 있는 최선을 다할 거라고. 그건 순무를 위한 일이기도 하고, 나를 위한 일이기도 하다. 사랑과 행복으로 순무가 조금씩 자라는 만큼, 나도 조금씩 큰 어른이 돼 가고 있다고 믿는다.

세상에 하나뿐인 나의 강아지,

존재 자체로도 완벽하고 사랑스러운 내 강아지 순무야,

오늘도 신나게 걸어보자!

반려견 놀이터
인싸견 김순무

순무는 활발하고 호기심 많은 강아지다. 작은 발걸음은 항상 새로운 곳을 향해 나아갔고, 순무의 호기심은 세상 모든 것을 탐험하려는 열정으로 가득했다. 풀밭 위를 마구 뛰어다니며 새를 쫓고, 낯선 골목길을 따라 길 잃는 모험을 떠나고, 웅덩이를 파서 흙먼지를 일으키는 것이 순무에게는 최고의 즐거움이다. 좁은 집 안에 가두어두기에는 너무나 아쉬운 밖순이 영혼이다. 순무의 활발한 에너지를 충분히 발산할 수 있고, 새로운 친구들을 만날 수 있는 곳이 필요했다. 순무를 위해 더 넓은 세상을 선물하기로 결심했다. 인터넷을 뒤지며 그의 활발한 성격에 맞는 장소를 찾던 중, '반려견 놀이터'라는 단어가 눈에 들어왔다. 반려견 놀이터에는 넓은 잔디밭에는 강아지들이 마음껏 뛰어다니며 놀 수 있고, 장애물 코스와 터널, 미끄럼틀 등의 기구들도 설치되어 있어 강아지들이 신나는 경험을 한다. 그늘진 공간에는 반려인들이 앉아서 강아지들을 지켜볼 수 있는 벤치도 준비되어 있다. 물을 마실 수 있는 급수대도 마련되어 있어 강아지들이 더운 날

씨에도 편히 쉴 수 있다. 미키가 있었을 때는 이런 강아지들을 위한 공간이 많지 않았다. '미키가 몇 년만 더 있어 줬다면 여기서 재미있게 놀았을 텐데.' 하는 아쉬움이 남는다.

놀이터에 들어서자, 순무의 눈은 휘둥그레졌다. 수많은 강아지 친구가 순무를 반겼다. 순무는 망설임 없이 잔디밭으로 뛰어 들어가 다른 강아지들과 함께 어울렸다. 순무에게 놀이터라는 새로운 세상이 열린 것이다. 크고 작은, 털이 짧고 긴 강아지, 모든 강아지가 하나 되어 즐거운 시간을 보냈다. 활발하고 장난스러운 퍼그, 차분하면서도 호기심 많은 골든 리트리버, 겁이 많지만 순수한 시바견, 반려견 놀이터 터줏대감 테리어, 장난꾸러기 푸들, 외모와 행동까지 순무와 쌍둥이 같았던 믹스견, 달리기 선수 보더콜리 등 순무는 금방 다른 강아지들과 친구가 되었다. 서로 쫓고, 덤벼들고, 함께 웃었다. 처음 만난 친구들인데도 불구하고, 마치 오랜만에 만난 옛 친구처럼 친근하게 지냈다. 시간이 흘러 어두워지자, 순무를 집으로 데려갈 준비를 했다. 순무는 놀이터를 떠나고 싶지 않았는지, 불러도 오지 않고 나를 피해 도망 다녔다. 간식으로 유인해 힘들게 순무를 잡아 목줄을 채웠다. 집으로 돌아가는 길에도 순무의 꼬리는 여전히 빠르게 흔들렸다. 오늘 만난 새로운 친구들과 함께했던 즐거운 오늘을 되새기고 있었을 것이다.

다음 날, 순무를 데리고 다시 반려견 놀이터로 향했다. 서로 냄새를 맡고, 장난감을 빼앗고, 쫓아다니고. 순식간에 커다란 운동장을 두 바퀴를 돈 순무의 달리기 실력을 보고 다른 강아지 주인들도 감탄을 금치 못했다. 그렇게 순무는 주말이 되면 반려견 놀이터로 가는 것을 손꼽아 기다렸고, 반려견 놀이터의 단골이 되었다. 순무는 쾌활하고 장난기가 많아서 다른 친구들에게 사랑받았다. 순무는 '인싸견'으로 불리게 되었다. 놀이터에 도착하면 다른 강아지들이 먼저 순무에게 달려와 인사를 건넸다. 순무는 꼬리를 흔들며 반갑게 맞이했다. 순무는 놀이터에서 가장 행복한 강아지였다. 벤치에 앉아 순무를 바라보며 나도 모르게 기분이 좋아졌다. 순무는 뛰어난 운동 능력으로 유명했다. 높은 울타리를 척척 넘어갔고, 미끄럼틀을 씽씽 내려왔다.

어느 날, 놀이터를 놀러 온 보더콜리 한 마리와 순무의 달리기 경주가 벌어졌다. 둘은 코인사를 나눈 후, 엎치락뒤치락 몸 장난을 하더니 보더콜리가 먼저 달리기 시작하자 순무도 그 뒤를 따랐다. 술래잡기가 시작된 것이다. 보더콜리는 운동신경이 좋은 개로 유명하다. 난 그런 강아지를 따라가다가 순무가 다리를 다칠까 봐 걱정이었다. 역시나 보더콜리는 날렵한 다리와 뛰어난 민첩성으로 순무보다 먼저 앞서갔다. 순무의 짧은 다리로는 절대 따라갈 수 없을 것 같았지만, 끈질긴 의지와 뜨거운 승부욕으로 뒤처지지 않았다. 보더콜리와의 거리는 점점 벌어졌다. 두 마리는 잔디밭을 가로질러, 울타리를 넘어, 나무 사이를 빠르게 달렸다. 보더콜리는 순무의 끈질긴 추격에 점점 속도가 느려지기 시작했다. 보더콜리가 장애물을 피하기 위해 방향을 바꾸는 순간, "지금이야!" 순무는 힘껏 앞으로 뛰어나가며 보더콜리를 앞질렀다. 관람하던 다른 강아지들과 주인들은 흥분에 차서 소리를 지르며 응원했다. 보더콜리는 순무의 예상치 못한 반전에 당황했지만, 곧 다시 추격을 시작했다. "이제 내가 이겼어!" 순무는 기쁜 마음으로 마지막 스퍼트를 걸었다. 순무는 결국 보더콜리를 앞질러 술래잡기 대결에서 승리했다. 두 마리는 서로 어깨를 나란히 하고 숨을 몰아쉬며 각자의 반려인이 준비해 준 물을 마셨다. 강아지들의 순수한 놀이와 경쟁심은 주변을 즐겁고 활기찬 분위기로 만들었다. 보더콜리보다 2~3배 정도 작은 순무가 보더콜리를 이기다니, 순무의 몸속에는 우사인 볼트(세계 신기록 보유한 육상 선수), 아니 개사인 볼트의 피가 흐르는 게 아닐까? 정말로 짧은 다리의 역습이었다.

열정적인 술래잡기를 마치고 숨 헐떡이며 멈춘 두 강아지의 대화는 아마 이렇지 않았을까?

"와, 순무야! 내가 만난 최고의 라이벌이었어. 정말 대단했어!"

"고마워, 정말 재미있는 경기였어. 우리 다음에 또 해볼까?"

"다음에는 내가 이길 거야! 각오해!"

"그럼 기대하고 있을게."

반려견 놀이터는 우리의 사랑스러운 털 뭉치들이 서로 만나 우정을 나누고, 행복을 느낄 수 있는 특별한 공간이다. 반려견 놀이터는 순무에게 꿈과 희망이 가득한 환상의 나라이며, 순무는 그곳에서 가장 황홀한 강아지가 된다. 순무는 이제 그 어디에도 갇혀 있지 않았다. 순무는 세상과 함께 뛰어놀고, 세상을 경험하며, 세상의 일부가 되었다. 그의 호기심은 더욱 커졌고, 그의 탐험은 더욱 멀리 이어질 것이다. 순무는 더 많은 환상의 나라를 향한 열정을 가진 작은 탐험가, 그리고 자유로운 영혼이었다.

누구나 한 번쯤
강아지를 꿈꾼다

누구나 한 번쯤은 강아지의 삶을 부러워한 적이 있을 것이다. 강아지처럼 아무 걱정 없이 먹고, 자고, 놀며 살아가는 여유로운 삶. 회사에 가지 않고 하루 종일 집에 있으면서 반려인이 주는 사료를 먹고, 산책하며 마음껏 뛰어놀 수 있다면 얼마나 평화롭고 행복할까? 강아지에게는 아무런 걱정이 없어 보인다. 오직 반려인의 사랑과 관심, 그것으로 만족하며 행복하다. 오로지 사랑받고 먹고 자고 놀 수 있다니, 얼마나 부러운 일인지 모르겠다. 나도 회사 걱정, 돈 걱정, 미래 걱정 없이 오로지 지금, 이 순간에 집중할 수 있다면 얼마나 좋을까.

내가 키우는 반려견 순무도 언제나 행복한 표정으로 나를 반긴다. 퇴근하고 돌아오면 꼬리를 흔들며 반가움을 표현하고, 내가 쓰다듬어 주면, 천국에 온 듯 행복해한다. 가끔은 내가 순무가 되어 하루를 살아보고 싶다. 아침에 일어나 가족의 사랑스러운 눈길을 받으며 최고급 강아지 사료를 먹고, 배불리 낮잠을 즐기는 것. 그리고 반려인이 돌아오면 열정적으로 맞이하며 함께 뛰어노는 것. 물론 순무의 삶이 항상 즐겁지만은 않을 것이다. 낯선 사람을 만나 짖어야 할 때도 있고, 비 오는 날에는 집 안에서 지루함을 느낄 때도 있을 것이다.

그렇게 내가 순무가 되어 하루를 살아본다면, 세상은 환상적인 만화 속 풍경처럼 생생하고 신비롭게 변할 것이다. 푸른 잔디밭은 부드러운 카펫처럼 발밑에 펼쳐지고, 꽃들은 향기로운 향수를 풍기며 나를 유혹할 것이다. 나무들은 거대한 우산처럼 지켜주고, 따스한 햇살은 털을 황금빛으로 물들일 것이다. 세상의 다채로운 모습을 경험하게 될 것이다.

순무의 눈으로 세상을 바라는 순간, 순무의 숨겨진 이야기를 발견하게 될 것이다. 어쩌면 외로움도 함께 느낄 수 있을 것이다. 그는 말할 수 없기 때문에 자신의 감정을 제대로 표현하지 못하고, 나와의 소통에 한계를 느낄 수도 있다. 내 사랑하는 반려견, 순무를 바라보면서 종종 생각해 본다. 순무는 행복할까? 혹시 순무도 사람이 돼 보고 싶은 적이 있을까? 순무도 강아지로서의 삶에 지쳐버린 적이 있을까? 까만 순무의 눈빛 깊숙한 곳에는 말로 표현할 수 없는 이야기가 담겨 있을 것이다. 순무의 꿈은 무엇일까? 순무가 말할 수 있다면 어떤 이야기를 들려줄까? 어쩌면 순무도 하루만큼은 내가 되고 싶을지도 모른다. 따뜻한 침대에서 푹신한 이불에 쌓여 꿈을 꾸고 싶어 할지도 모른다. 내가 좋아하는 맛있는 햄버거를 한입 베어 물고 싶어 할지도 모른다. 그리고 내가 순무를 위해 해주는 것처럼, 나를 산책 데리고 나가주고, 내 곁에서 밤새도록 지켜주고 싶어 할지도 모른다. 오늘도 반려인과 반려견이 영혼이 바뀌는 상상을 해본다. 순무가 허락해 준다면 하루쯤은 괜찮지 않을까?

순무야, 하루만큼 너의 삶을 빌려준다면, 너의 눈으로 세상을 보고, 너의 마음으로 감정을 느껴보고 싶어. 그리고 순무야, 만약 네가 하루만큼 나의 삶을 살고 싶다면, 언제든지 내 자리를 양보할 준비가 되어 있어. 따뜻한 침대에서 푹신한 이불에 쌓여 꿈을 꾸고 싶다면, 내가 그 자리를 마련해 줄게. 내가 좋아하는 햄버거를 한입 베어 물고 싶다면, 내가 줄게. 너도 나를 특별한 곳으로 데려가 줘.

순무의 일기: 김순무 인턴! 출근하다

"순무야, 내일 언니랑 같이 출근할래?"

어느 날, 언니가 나한테 같이 출근하자고 했어요! 나는 언니랑 같이하면 뭐든지 좋아서 "응!!"이라고 대답했어요. 그런데 출근이 뭐예요?

언니는 내 출근 가방을 만들어줬어요. 배변 패드, 물병, 밥그릇, 사료, 간식까지! 준비해 줬어요. 나도 새 옷을 입고 신나게 준비했답니다!

드디어 첫 출근 날! 언니 차를 타고 회사로 가는 길, 창밖 풍경을 보며 떨리는 마음을 감출 수가 없었어요. 회사에 도착하니, "순무야!", "안녕!", "귀여워!" 여기저기서 내 이름을 부르는 소리가 났어요! 어리둥절해서 쳐다보고 있는데, 막 사진을 찍더라고요! 그래서 멋지게 포즈도 취했어요. 언니 친구한테 귤 인형 장난감까지 선물 받았어요! 그리고 저리 던지고 이리 던지고 나랑 신나게 놀아줬어요!

"오늘부터 넌 김순무 인턴이야!" 언니네 팀에서 가장 높은 과장님이 나에게 인턴이라면서 업무를 줬어요. 바로 '귀여움'이라는 중요한 임무였답니다! 그냥 옆에서 귀여우면 된다는데 이런 업무도 있나요? 언니 옆에서 꼼꼼히 관찰했어요. 언니가 하는 모든 것을 주의 깊게 지켜보고, 언젠가 내가 도울 수 있는 날이 오기를 기대했어요. 언니 책상 옆 의자에 누워서 낮잠을 자기도 하고, 가끔은 언니 다리 위에 올라가 앉아 업무를 방해하기도 했어요. 점심시간에는 언니와 함께 밖에 나가 산책을 했어요. 날씨가 너무 좋았고, 새로 온 동네라 신기한 것도 많았어요!

언니가 일하느라 나랑 많이 안 놀아줘서 살짝 삐칠 뻔했는데, 언니가 동물 병원에서 제일 맛있는 치즈 간식을 사줘서 오늘 하루만 참기로 했어요!

퇴근 후 집으로 돌아오는 길에 나는 너무 피곤해서 잠들어버렸어요. 언니는 이 힘든 출근이라는 것을 어떻게 맨날 하는지 모르겠어요. 정말 대단해요! 그래도 오늘은 정말 특별한 하루였어요. 언니와 함께 출근하면서 새로운 사람들을 만나고, 신기한 경험할 수 있었기 때문이에요.

앞으로도 언니와 함께 출근하는 날이 많이 있었으면 좋겠어요! 더 많은 사람들을 만나고, 더 많은 것을 배우고 싶어요! 나는 김순무, 회사의 귀여운 인턴이니까요!

개 팔자가
상팔자

"아기 몇 살이에요?"

추운 겨울날, 샵으로 목욕하러 가기 위해 순무를 강아지 유모차에 태우고 길을 가고 있었다. 그때, 한 할머니가 다가와 나에게 "아기 몇 살이에요?"라고 물었다. 순간 당황했다. 나는 순무를 가리키며 "아기가 아니라 강아지예요."라고 대답했다. 할머니는 놀란 표정으로 "무슨 강아지를 유모차에 태워?"라고 말하며 유모차 안의 순무를 바라보았다. 이 유쾌한 오해는 내게 웃음을 선사했다. 할머니는 내가 아기를 키우는 엄마라고 생각한 모양이다. 실제로 유모차 안에 있던 것은 귀여운 강아지 '순무'였다. 사실 이일은 그렇게 놀라운 일이 아니다. 요즘에는 개를 가족처럼 여기고 돌보는 사람들이 많아졌기 때문이다. 마치 아기를 태우는 것처럼 일명 개모차를 끌고 다니는 사람들을 보면, 주변 사람들은 덩달아 궁금증과 호기심을 느낀다. 과거에는 뒷마당에서 살며 집을 지키는 존재였던 개는 이제 옷을 입

담관하스켔습니까

고, 개모차를 타고, 고급 사료를 먹는 가족 구성원으로 자리 잡았다. 언젠가 내가 순무의 몸을 마사지해 주는 모습을 보고 엄마가 한 말이 생각난다.

"순무야, 너는 정말 운이 좋은 개야. 세상에 이렇게 좋은 주인을 만난 개가 어디 있니?"

예쁘게 차려입은 순무를 데리고 할머니 댁에 놀러 갔을 때 듣던 할머니와 이모의 말도 떠올랐다.

"진짜 개 팔자가 상팔자네. 완전 견생역전이네."
"똥개가 좋은 주인 만나서 명품 개로 호강하네!"

"개 팔자가 상팔자"라는 속담은 편안히 놀고 있는 개가 부럽다는 뜻으로, 사람들이 하는 일이 고생스러울 때 하는 말이다. 하지만 요즘에는 이 속담이 단순한 넋두리 이상의 의미를 지니고 있는 것 같다. 실제로 개들이 사람 못지않게, 혹은 그 이상으로 풍요로운 삶을 누리는 경우가 늘어나고 있기 때문이다. 만 원짜리도 덜덜 떨면서 사 입는 나와 10만 원이 훌쩍 넘는 옷을 입고 풀밭을 구르는 순무를 보면 누구나 개 팔자가 상팔자라는 말이 나올 수도 있겠다 싶다. 요즘엔 개를 위한 모든 것이 상품으로 나와 있다. 그만큼 사람 못지않게 고급스러운 삶을 누리고 있다는 말이다. kg당 몇만 원짜리 고급 사료는 기본이고, 몇십만 원짜리 명품 브랜드 옷을 입고, 값비싼

고급 식재료로 만든 간식을 먹는 것은 당연한 일이 되었다. 심지어, 강아지들을 위한 카페, 레스토랑, 호텔 등이 생겨나면서 그들의 삶은 더욱 풍요롭고 화려해지고 있다. 심지어 강아지들이 죽으면 장례를 치른 후 납골당에 안치가 되고, 아프면 사람 병원비보다도 더 큰돈을 들여 치료한다. 외국에서는 자식들이 개만도 못하다며 반려견에게 고액의 유산까지 물려준다고 한다. 얼마 전 뉴스에는 반려견 오마카세가 나와 화제가 되기도 했다. 강아지 유치원에서 교육을 받고 반려견의 생일을 축하하기 위해 고급 간식과 놀이 용품을 선물하고 강아지 친구들과 모여 파티도 열린다. 개를 반려하고 있는 이상 내 개가 행복한 삶을 살길 바란다는 마음은 누구나 가지고 있을 것이다. 맛있는 음식, 편안한 잠자리, 건강한 삶 등 인간이 누리는 모든 것을 강아지들도 누릴 수 있도록 해주고 싶어 한다.

　물론 나도 예외는 아니다. 순무의 사료는 엄격하게 선별된 최고급 재료만 사용하는 브랜드를 선택한다. 닭고기, 연어, 양고기 등 다양한 단백질 공급원이 균형 있게 함유되어 있으며, 피부와 털 건강에 좋은 영양소도 풍부하게 들어 있어야 한다. 자주 주는 간식 중 하나인 닭가슴살은 순무의 근육 생성을 위해 뜨거운 물에 삶아서 산책 후 먹이고, 블루베리는 항산화 성분이 풍부하여 노화 방지에 도움이 된다고 해서 몇 알씩 사료와 함께 준다. 순무가 제일 좋아하는 연어는 신선한 생선을 구입하여 직접 썰어서 보관했다가 삶아서 주고, 빙어는 말린 상태의 것을 구매해서 간식으로 먹인다. 순무의 사료비는 한 달에 10만 원이 훌쩍 넘는다. 간식도 5만 원 이상 지출한다. 순무를 위해 한 달에 약 15만 원 이상 지출하는 셈이다. 겨울철에는 털이 짧은 순무가 추위를 많이 타 감기에 걸릴까 봐 걱정하여 10만 원짜리 패딩을 두 개나 사주었다. 순무의 사회화를 위한 훈련에도 100만 원 이상 투자했다. 그렇게 순무의 건강과 행복을 위해 최선을 다해주고 있다. 물론 가격이 만만치 않지만, 순무를 위해서라면 아깝지 않다. 내가 순무를 진심으로 사랑하고, 최고의 것을 해주고 싶어서 하는 일이다. 순무가, 나의 반려동물이 오래오래 건강하게 살기를 바라는 마음은 반려견을 돌보는 어떤 반려인이라도 똑같을 것이다.

우리 집에서 순무는 명실상부한 서열 1위이다. 가장 편안한 자리는 항상 순무의 것이며, 가장 맛있는 음식은 먼저 순무에게 주어진다. 겨울에는 추울까 봐 순무에게 전기장판을 켜주고, 여름에는 시원하게 지낼 수 있도록 에어컨을 틀어준다. 그렇게 순무는 따뜻한 이불 속에서 자고, 엄마와 함께 소파에 앉고, 제일 맛있는 부분의 음식을 먹는다. 순무에게는 세상 모든 것이 허락된 듯하다. 순무의 이야기는 마치 견생역전의 드라마다. 길 위에서 떨고 있던 똥개가 이제 명품 개로 거듭났다. 순무와 함께하는 일상은 그야말로 "개 팔자가 상팔자"라는 말을 실감하게 한다.

이렇게 개를 가족처럼 생각하면서 자연스레 동물 윤리도 높아졌다. 과거에 비해 동물 학대에 대한 인식이 높아지고 동물 권리에 대한 관심이 증가하면서 동물들이 더 나은 환경에서 살 수 있도록 노력하는 사람들이 늘어나고 있다. 어떤 사람들은 이런 풍요로운 반려견들의 삶을 보고 지나치다고 생각할 수도 있다. 하지만 이제 반려견은 단순한 동물이 아니라, 반려견들은 우리에게 웃음과 행복을 가져다주고, 삶의 동반자가 되어준다. 그런 그들을 소중하게 여기고 최선을 다해 돌보는 것은 당연한 일이 아닐까? 순무가 나에게 온 이상 "개 팔자가 상팔자"라는 말처럼 세상에서 가장 호강하는 개가 될 것이다.

가득 넷 담긴다, 순무 세상을 향해 달려봅니다

사랑하면 버려야 하는 것들
: 달콤 씁쓸한 희생

주말 아침, 늦잠을 자고 싶은 유혹은 언제나 강력하다. 하지만 순무의 산책을 빼놓을 수 없다. 순무의 눈망울에 담긴 기대감을 외면할 수 없고, 결국 이불을 걷어차고 순무와 함께 산책을 나간다. 포근한 털, 촉촉한 코, 살랑거리는 꼬리, 귀여운 순무와 함께하는 삶은 사랑스러움으로 가득하다. 하지만 그 달콤함 뒤에는 피할 수 없는 씁쓸한 희생이 존재한다. 깨끗했던 집은 이제 순무의 털로 가득하고, 순무가 잠드는 잠시의 시간에 자유가 허락된다. 떠나고 싶은 여행 계획은 순무를 맡길 곳을 고민하며 무산되기도 한다. 순무는 24시간 붙어 다니는 그림자처럼, 끊임없이 나의 관심과 헌신적인 봉사를 요구한다. 이로 인해 나의 삶은 순무를 중심으로 돌아가게 된다.

순무를 맞이한 지 3년, 우리 집은 이제 완전히 순무의 털 왕국이 되었다. 회색 소파는 하얗게 변하고, 새로 샀던 흰 러그는 순무의 검은 털 덩어리가 되어버렸다. 옷은 말할 것도 없다. 털 제거 롤러는 필수품이 되었고, 청소는 하루에 두 번씩 해야 겨우 깨끗함을 유지할 수 있었다. 처음에는 너무 많이 빠지는 털 때문에 짜증이 났지만, 순무가 뛰어다니며 굴러다니는 모습을 보면 어느새 털투성이 집도 사랑스럽게 느껴졌다. 순무를 입양하기 전에는 퇴근 후 자유로운 시간을 즐겼다. 좋아하는 드라마를 보거나, 친구들과 만나거나, 여행을 떠나기도 했다. 하지만 이제는 퇴근 후 가장 먼저 해야 할 일은 순무 산책이다. 비가 오든 눈이 오든, 순무는 매일 밖으로 나가고 싶어 한다. 물론 산책을 건너뛰고 바로 자고 싶고, 누워 있고 싶을 때도 있지만, 유혹을 뿌리치고 나가 순무와 함께 걷는 시간은 뜻밖의 힐링이 되었다. 시원한 바람을 맞으며 순무가 풀냄새를 맡는 모습을 보면, 모든 피로가 씻겨 내리는 것 같다.

강아지는 항상 주인과 함께 있고 싶어 하며, 혼자 있는 것을 싫어하는 경우가 많다. 그래서 내 옆엔 항상 순무가 있고, 나랑 모든 것을 같이 하고 싶어 한다. 순무는 내 잠자리를 자신의 자리처럼 여기고 있는 것이 분명하다. 순무가 침대의 정중앙을 차지해 나는 항상 구석에서 허리와 다리도 제대로 피지 못하고 웅크려 잠을 청하지만, 하루를 마무리하는 순무와 함께 잠드는 순간은 혼자만의 시간만큼 편안하고 행복하다. 순무가 옆에 있다는 사실만으로도 외롭지 않기 때문이다. 강아지를 맡길 사람이 없다면 여행하는 것도 쉽지 않다. 펫시터와 호텔에 맡기는 방법도 있지만, 세상이 흉흉해 학대하는 곳도 있고 강아지 관리를 하지 못해 잃어버리는 일도 생기기 때문에 믿을 만한 곳이 없다. 또 그만큼의 비용 부담도 존재한다. 그래서 여행을 안 가거나, 가족이나 친구에게 맡기고 그것도 여의찮다면 순무를 데리고 간다. 순무와 함께하는 여행은 생각보다 많은 제약과 어려움이 따른다. 숙박시설, 교통, 관광지 등 모든 곳에서 강아지와 동반이 가능한지 확인해야 하고, 예상치 못한 상황에 대비해야 하기 때문에 더욱 꼼꼼한 준비가 필요하다. 내가 자동차를 구매한 이유 중 하나도 강아지와 이동이 쉽게 하기 위해서도 있다. 여행 가기는 복잡하지만, 순무와 함께 떠날 수 있는 여행지, 펫 프랜들리 장소를 찾아 떠나면서 새로운 경험과 추억을 만들 수 있다는 점은 큰 보너스이다. 반려동물과 함께하는 여행은 나에게 많은 것을 가르쳐주었다. 책임감과 준비의 중요성이다. 단순한 즐거운 여행이 아니라, 그들의 건강과 안전을 위해 나는 보호자로서 여행해야 하고 그 책임을 져야 한다는 것을 깨닫게 되었다. 이렇게 반려동물과 함께하는 여행을 통해 삶의 가치와 의미를 새롭게 발견할 수 있다.

순무의 식비, 용품, 의료비 등은 생각보다 큰 부담이 된다. 특히 질병이나 사고 발생 시 예상치 못한 비용이 발생할 수 있다. 강아지는 사람처럼 보험 적용이 안 되기 때문에 큰 병에 걸려 치료할 경우, 많은 돈이 든다. 수술할 경우, 내 한 달 월급이 병원에서 한꺼번에 사라지는 경험을 하게 된다. 나는 아파도 병원에 안 가지만, 순무는 기침 한번, 배앓이 한번에도 병원으로 달려간다. 동물은 말하지 못하기 때문에 항상 순무의 몸 상태를 체크해야 하고, 평소랑 다른 모습을 하면 바로 진료를 받아 치료해야한다. 나는 미키의 병을 치료하면서 반려동물을 키우기 위해 예산을 따로 계획하고 관리해야 된다는 것을 알게 되었다. 순무를 위한 적금을 들고, 비상시를 대비하고 있다.

강아지와 함께하는 삶은 건강과 행복에 긍정적인 영향을 미친다는 연구 결과도 있다. 강아지와 함께 사는 사람들은 그렇지 않은 사람들보다 스트레스 호르몬 수치가 낮고, 면역력이 강하며, 심혈관 질환 위험이 낮다고 한다. 운동이란 숨쉬기밖에 없는 내가 순무와 함께 산책하게 되면서 걷기, 달리기 등 자연스럽게 운동할 수 있게 되었다. 산책길에 함께 햇살을 맞으며 느끼는 싱그러운 기분은 순무가 없었다면 경험하지 못했을 것이다.

사랑은 희생을 동반한다. 순무를 사랑한다면 그의 필요를 채워주기 위해 나의 시간, 공간, 그리고 자유를 기꺼이 포기해야 한다. 순무와 함께하는 삶은 달콤함과 씁쓸함이 공존한다. 순무의 사랑스러움을 만끽하기 위해서는 희생과 포기가 필수적이지만, 그 희생보다 더 값진 경험을 선물해 준다. 순무는 나에게 무조건적인 사랑을 가르쳐 주고, 나의 삶을 더욱 풍요롭게 만들어준다. 강아지의 사랑은 조건 없고 순수하다. 내가 행복하든 슬퍼하든, 성공하든 실패하든, 변함없이 사랑한다. 이런 순무의 사랑이 나에게는 사람의 말 한마디보다 더 위로되는 경우가 많다. 그렇게 순무를 돌보면서 규칙적인 생활 습관을 들이고, 생명에 대한 존중심을 배우며, 책임감, 배려, 헌신 등을 배우고 더 나은 사람이 되는 과정에 있다.

순무는 내 삶의 동반자이며, 가족이자 친구이다. 순무가 없는 삶은 상상할 수 없을 정도로 공허하다. 내가 순무를 위해 희생하고 포기했던 것들은 결코 쓸데없는 것이 아니다. 반려견을 위해 쏟은 시간과 노력은 우리의 관계를 더욱 돈독하게 만들어주었고, 그것을 강아지와 13년 세월을 보내면서, 진정한 사랑의 의미를 알게 되었다.

순무와 함께하는 삶은 앞으로 어떻게 변해갈까? 순무는 나이가 들면서 더 많은 돌봄이 필요할 것이고, 나 또한 나이가 들면서 순무를 돌보는 것이 힘들어질 수도 있다. 하지만 순무와 함께하는 모든 순간을 소중하게 간직하고, 순무가 행복하게 살 수 있도록 최선을 다할 것이다. 순무와 함께하는 달콤 씁쓸한 일상은 앞으로도 계속 이어질 것이다.

가족 네, 달라란, 순무 : 세상을 향해 당당하기

🐾 순무의 일기: 언니 고마워!

안녕하세요. 순무예요! 있잖아요. 나는 언니가 너무 좋아요. 언니가 웃으면 나도 웃고, 언니가 슬퍼하면 나도 울어요. 언니가 힘들어하면 내가 제일 잘하는 뽀뽀로 위로해 줘요. 그러면 언니는 방긋 웃으며 같이 뽀뽀해 주죠.

언니는 회사원이라 새벽 일찍 나가서 저녁에 들어와요. 아침에 졸려서 자느라 배웅을 잘못해서 언니가 서운해하지만 어쩔 수 없어요. 너무 졸린걸요. 그래도 하루 종일 집에서 언니를 기다려요. 낮에 하던 산책도 밤에 하게 됐어요. 언니가 힘들지 않을지 걱정되기도 하고, 빨리 집에 돌아와서 같이 시간을 보내고 싶어요. 저녁이 되면 언니 차가 주차하는 소리가 들려요. 문이 열리고 언니가 들어서는 순간, 치타보다 빠르게 달려가서 반겨주죠. 언니도 나를 보자마자 활짝 웃으며 안아줘요.

"순무야, 언니 왔어!" 언니의 목소리는 언제 들어도 따뜻하고 포근해요.

언니가 집에 오면 저녁을 같이 먹어요. 언니는 제가 제일 좋아하는 강아지 밥을 준비해주고, 가끔은 특별한 오리고기 간식도 줘요. 그런 날은 정말 행운이죠! 언니가 주는 밥을 먹으면 그 어떤 밥도 세상에서 제일 맛있는 밥이 돼요. 언니는 밥 먹고 나면 꼭 함께 산책해

반려하시겠습니까

220

줘요. 밤 산책도 운치 있고 좋더라고요!

　산책하고 나면 언니와 함께 소파에 앉아 TV를 봐요. 언니가 좋아하는 프로그램을 같이 보면서 가끔은 언니의 무릎 위에서 조는 것도 소소한 행복이에요. 언니가 돈을 많이 벌어서 행복하게 살았으면 좋겠어요. 그래야 새로운 장난감도 많이 사주고, 비싸고, 맛있는 밥이랑 강아지 운동장도 자주 갈 테니까요!

　어찌 보면, 먹고 자고 산책하는 강아지의 일상은 단조롭지만, 나에게는 그 무엇보다 소중하고 특별합니다. 언니랑 같이 이불 덮고 자는 것도 소파에 나란히 앉아 TV를 보는 것도 모두 행복한 시간이에요! 언니는 맨날 순무 없으면 못 산다고 하는데, 사실은 내가 언니 없으면 못 살아요! 왜냐하면 밥도 못 먹고, 목욕도 못하고, 놀지도 못하니까요.

　오늘도 언니한테 고맙다고 뽀뽀 5번 해줘야겠어요!
　언니가 있어서 세상에서 가장 행복한 강아지로 남을 거예요.

순무의 성장통
: 개춘기

한 뼘짜리 작은 꼬리를 흔들던 순무가 이제 1살이라는 숫자를 달았다. 어린아이 같았던 순무는 언제였나 싶을 정도로 씩씩하고 당당한 모습으로 성장했다. 하지만 그만큼 성격 또한 변화를 맞이하게 되었다. 바로 개춘기라는 반항의 시기가 찾아온 것이다. 개춘기는 사람들의 사춘기에 비유되는 시기로, 4개월~18개월까지의 청소년기에 나타나며 성적으로 성숙해지고 자신의 독립성을 찾는 시기이다. 이 시기에는 강아지들이 기존에 익힌 훈련을 거부하거나, 반항적인 행동을 보이기도 한다.

개춘기 문제행동 증상

1. 보호자의 말을 듣지 않는 경우

2. 집중력이 떨어지고 산만해지는 경우

3. 평소 잘 따르던 명령을 거부하는 경우

4. 보호자나 다른 사람들에게 짖거나 무는 경우

5. 다른 강아지들에게도 공격적인 태도를 보이는 경우

6. 배변 패드가 아닌 아무 곳에나 배변 실수를 하는 경우

7. 보호자의 체취가 묻은 물건을 헤집어 놓는 경우

8. 가구, 장판, 벽지 등을 입으로 뜯는 경우

순무도 이제 세상에 대한 의문과 반항심으로 가득 차게 되었다. 예전에는 무조건 믿었던 나의 말에도 이제는 의심의 눈길을 보낸다. 물거나 짖지도 않던 순한 성격이었던 순무는 점점 더 반항적이고 장난스러운 모습으로 자신의 의지를 당당히 표현한다. 어떤 때는 나의 말을 무시하고 완강하게 자기 뜻을 고집하기도 한다. 간식을 먹을 때도 내 손에서 빼앗아 먹으려 한다. 순무가 반항하는 모습은 마치 10대 아이들이 하는 것처럼 보이기도 했다. 특히 산책할 때 순무의 반항이 두드러진다. 평소에는 순순히 따라오던

순무가, 요즘엔 목줄을 당기며 자신이 가고 싶은 곳으로 나를 끌고 가려 한다. 심지어 집으로 돌아가자고 하면 싫다고 네발에 힘을 꽉 주고 끝까지 버티며 거부하기도 한다. 다른 강아지들과 잘 어울리는 순무였지만, 어느 날부터 동네 산책 중 마주치는 다른 강아지들에게 으르렁거리며 달려들려 시작했다. 우리가 제지해도 순무는 아랑곳하지 않고 계속해서 공격성을 드러냈다. 순무를 달래고 억지로 다른 방향으로 데려갔지만, 계속해서 흥분한 상태가 이어졌다. 순무의 이런 변화는 큰 충격이었다. 개춘기를 맞이하면서 이렇게 공격적인 모습을 보일 줄은 몰랐기 때문이다. 다른 강아지들과 잘 지낼 수 없으면 어떡하지? 내가 순무에게 제대로 교육을 못해주었나? 하는 생각에 밤새워 고민하기도 했다. 순무가 나쁜 강아지가 아니라는 것을 알고 있다. 단순히 자신의 영역을 지키고 싶은, 자신의 정체성을 찾아가는 과정인 것이다. 순무는 성장하고 있으며, 세상을 경험하며 자신의 자리를 찾아가고 있었다.

이 일 이후 순무의 개춘기가 본격적으로 시작되었다는 것을 깨달았다. 더 이상 어린 강아지가 아니라는 사실을 받아들이고, 변화를 이해하고 인내심을 가지고 대하는 것이 중요하다는 것도 말이다. 순무는 독립된 개체로 성장하고 있었다. 그의 반항적인 모습은 세상을 향한 호기심과 독립심의 발달이라는 증거였다. 앞으로도 순무가 겪을 개춘기의 시간은 때로는 나를 힘들게 할지 모르지만, 그 과정에서 순무가 자신의 정체성을 찾아가

는 모습을 보는 것은 보람 있는 일이 될 것이다. 순무가 이 시기를 잘 견뎌
내고 건강하게 성장할 수 있도록 곁에서 지켜보며 응원할 것이다.

아직 꼬리를 살랑이며 내게 다가왔던 모습이 생생한데, 언제 꼬마 강아지가
홀쩍 자란 청춘견이 되었는지 모르겠어. 나의 꼬마 반항아, 개춘기가 힘들
지? 괜찮아, 다 그런 거야, 언니가 항상 너의 곁에 있어 줄게. 우리 함께 이 시
기를 잘 넘기자!

사실 미키도 강아지에게 짖는 순무와 같은 문제를 가지고 있었다. 그래
서 순무에게는 강아지에게 공격성을 갖는 일이 반복되지 않게 미리 강아지
친구들을 만나게 해주었는데, 다시 이렇게 되어버리니 이건 보호자의 태
도, 즉 내가 만들어낸 결과라고 생각했다. 그래서 더 순무의 행동을 방치할
수는 없었다. 더 큰 문제는 순무 스스로의 불안과 스트레스였다. 산책을 즐
기지 못하고 예민하게 반응하는 모습이 안쓰러웠다. 순무가 세상과 조화롭
게 살아갈 수 있도록 결심했다. 바로 다른 강아지들과 잘 어울릴 수 있도록
알려주는 훈련을 하는 것이었다. 먼저 순무에게 딱 맞는 훈련사를 찾기 시
작했다. 훈련을 해본 주변 사람들에게 물어보고, 인터넷에서 후기를 찾아
보며 여러 훈련사와의 상담을 통해 순무의 성격과 문제점을 파악하고, 이
에 맞는 훈련 방법을 제시해 주는 곳을 찾는 것이 중요했다.

첫 번째 훈련소

처음 훈련소에 방문했을 때, 희망에 부풀었다. 교육을 받고 금방 고쳐질 줄 알았다. 하지만 훈련이 시작되면서 순무는 예상보다 훨씬 더 거친 반응을 보였다. 훈련사의 지시에 순종하지 않고 다른 강아지들에게 공격적인 모습을 보이기도 했다. 그리고 훈련사의 강압적인 훈련 방식으로 순무가 더욱 스트레스를 받는 것처럼 보였다. 훈련 시간 동안 꼬리를 숙이고 떨리는 모습을 보였고, 집에 돌아와서도 불안한 모습을 보였다. 순무의 성격과 훈련소의 분위기가 맞지 않다는 판단에 훈련을 중단하기로 했다. 좌절감에 빠졌지만, 순무를 위해 포기할 수는 없었다. 새로운 훈련소를 찾기로 결심했다.

두 번째 훈련소

방문 훈련 방식으로 바꿨다. 훈련사는 우리의 집에 방문하여 순무를 직접 관찰하며 행동 패턴을 파악하고, 이에 맞는 맞춤형 훈련 프로그램을 제시했다. 실제 상황에서 나타나는 행동 문제를 더욱 정확하게 파악하고, 그에 맞는 실천법을 알려주었다. 순무에게 익숙한 환경에서 진행하는 교육이라 편안했지만, 일관성 있는 훈련이 어려웠다. 집, 주변 공원 등 한정된 공간과 조건에서 다양한 상황을 연출하기 어려웠다. 방문 훈련의 장점과 한계를 경험하며, 다음 훈련소를 선택할 때 더욱 신중하게 고려해야 할 점들을 알게 되었다.

세 번째 훈련소

유명 행동 교정병원을 방문했다. 전문적인 진단과 상담을 통해 순무의 행동 문제의 근본적인 원인을 파악하고, 이에 맞는 긍정 강화 교육을 진행했다. 문제는 순무의 성격이었다. 순무는 타고난 지배적인 성향을 보이고 있었고, 다른 강아지들에게 쉽게 물러나지 않았다. 훈련사는 순무의 개성을 존중하면서도, 다른 개와의 조화로운 관계를 형성하도록 돕는 맞춤형 훈련 방안을 제시했다. 훈련사의 조언에 따라 저는 순무에게 단계적으로 강아지들과의 만남을 경험하도록 했다. 처음에는 안전한 거리를 유지하며 서로를 관찰하도록 했고, 점차 거리를 줄이고 함께 산책하도록 했다. 훈련 과정에서 순무는 처음에는 낯선 강아지들에게 공격적인 반응을 보이기도 했다. 점점 다른 강아지와 편안하게 지내는 모습을 보여주기 시작했다. 물론, 아직 완벽하지는 않지만, 순무가 다른 강아지들과도 잘 지낼 수 있도록 노력하고 있다.

지금도 순무의 사회화 훈련은 아직 끝나지 않았다. 산책 중 다른 강아지를 만날 때 순무가 흥분하지 않도록 주의하며, 차분하게 대처하도록 훈련하고 있다. 물론 아직 완벽하지는 않다. 순무는 여전히 다른 강아지들을 보면 긴장하는 모습을 보였고, 가끔은 으르렁거리기도 했다. 하지만 포기하지 않을 것이다. 훈련 전문가의 조언을 꾸준히 실천하고, 순무에게 칭찬과 간식을 통해 긍정적인 경험을 심어주었다. 다른 강아지들과의 교류 기회를 늘려 순무가 자연스럽게 적응하도록 했다. 순무의 개춘기 극복 대작전은 현재 진행중이다. 순무가 앞으로 더 많은 친구를 만나고 행복하게 살아갈 것이라고 믿고 있다.

개춘기는 순무만 아니라 나에게도 새로운 도전이었다. 순무와 함께 이 시기를 잘 헤쳐 나가고 있다는 사실에 만족한다. 앞으로도 순무에게 충분한 사랑과 관심을 주고, 꾸준히 교육하며 좋은 반려견이 되도록 도와줄 것이다.

가루야 넷 덥다라, 순무 세상을 향해 달려라!

순무와 함께한
여행

2023년 6월, 8년간 몸담았던 회사를 그만뒀다. 야근과 불규칙한 스케줄은 끊임없는 스트레스와 회복되지 않는 피로를 가져다주었고, 결국 몸은 과부하 상태에 도달했다. 1년에 두 번씩 병원 문턱을 넘어야 했고, 몸에 생긴 혹들은 건강 이상 신호였다. 나의 건강과 행복을 위해 용기를 내어 퇴사를 선택했다. 지금이 내 몸과 마음에 귀 기울여야 할 때였다. 마지막 날, 짐을 챙겨 나서면서 허전한 마음을 어찌할 줄 몰랐다. 그동안 쏟아부었던 시간과 노력, 그리고 함께했던 동료들을 떠올리며 벅차오르는 감정을 감추지 못했다. 하지만 동시에 새로운 시작에 대한 설렘도 느꼈다. 오랜만에 자유로운 시간, 이제 어디든 갈 수 있고, 하고 싶었던 일들을 할 수 있었다. 자유로워진 나는 쉬는 동안 몸과 마음을 위한 힐링 여행을 떠나기로 결심했다. 함께할 동행자는 나의 강아지 순무였다. 항상 순무와 함께 여행을 떠나고 싶었다. 바쁜 회사 생활 때문에 꿈으로만 남아 있었지만. 하지만 이제는 현실로 만들 수 있었다. 순무는 내가 회사를 그만두기로 결심했을 때 아마 가장 먼저 기뻐했을

반려하시겠습니까

것이다. 평소에 나와 함께 있는 시간이 부족했던 순무는 이제 매일 함께 보낼 수 있다는 사실에 행복해했을 것이다. 나는 순무를 품에 안고 말했다.

"이제 우리 함께 여행을 떠날 거야, 순무야."

우선, 어디로 갈지 결정해야 했다. 국내 여행지부터 해외 여행지까지 다양한 옵션을 고민했다. 해외여행은 비행기 때문에 갈 수 없고, 국내 여행도 5시간 이상의 긴 이동은 어려웠다. 그래도 순무와 함께 편하게 여행할 수 있는 곳을 찾고 싶었다. 짐을 챙기는 것도 중요했다. 순무의 물건, 옷, 간식, 그리고 여행 중에 필요한 모든 것을 미리 준비했다. 이런 준비가 무색하게 더위가 찾아왔고, 순무와 나는 더위가 한풀 가실 때까지 가까운 인천을 돌아다니며 여행했다.

시간이 지나 선선한 바람이 불기 시작했다. 나는 순무와 여행을 떠날 곳을 찾기 시작했다. 그렇게 매일 어디 갈까 인터넷을 검색하던 중 갑자기 '전주로 떠나자'는 생각이 떠올랐다. '왜 하필 전주인가요?'라고 묻는다면 그곳에는 내가 특별히 좋아하는 것이 있기 때문이다. 바로 '길거리야의 바게트 버거!' 몇 년 전 전주 여행에서 맛보고 너무 맛있어 한눈에 반해버렸다. 하지만 인천에서 전주까지 차로 4시간이나 걸리는 거리였고, 버스 시간도 제한적이었기에 자주 가지 못했다. 하지만 이번에는 나에겐 시간과

차, 그리고 돈이 있었다. '꼭 가자'는 마음이 들었다.

여행지를 정하고 다음 날, 여유롭게 11시에 출발했다. 순무를 조수석 카시트에 태우고 안전벨트를 채웠다. 모든 준비를 마치고 출발했다. 좋아하는 노래를 틀고, 오랜만에 여행, 그리고 바게트 버거를 먹을 생각에 흥분되어 4시간의 거리가 그리 힘들게 느껴지지 않았다. 다행히 평일 낮이라 차도 생각보다 막히지 않았다. 중간중간 휴게소에 들러서 순무 산책도 시키고 내가 좋아하는 알감자도 먹었다. 그렇게 열심히 가다 보니 전주의 상징 한옥 요금소가 보였다. 드디어 3시간 30분 만에 도착! 차에서 내리자, 순무도 기분이 좋은지 팔딱팔딱 뛰어다니며 냄새를 맡았다. 내 마음도 들뜨고 발걸음도 빨라졌다. 순무도 나와 같은 마음이었는지 '총총' 발걸음이 빨라졌다. 제일 먼저 바게트 버거를 먹으려고 했지만, 원래 맛있는 건 마지막에 먹는 법이기 때문에 한옥마을을 한 바퀴 돌며 다양한 볼거리를 즐기기로 했다. 한옥마을은 평일임에도 불구하고 사람이 많았다. 순무의 귀여운 외모와 친근한 성격으로 인해 사람들에게 사진도 찍히며, 인기 스타가 되었다.

"안녕, 강아지야~ 무슨 종인가요?"

"믹스견이요!"

"아유 어쩜 털이 이렇게 빛나고 고급스럽니~."

"이름이 뭐예요?"

"순무예요!"

"순무? 순무야~ 안녕~."

순무는 사람들에게 다가가 꼬리를 흔들며 인사를 했다. 밝고 활기찬 모습에 사람들은 저마다 환한 미소를 지었다. 몇 년 전 왔을 때와는 달리, 한옥마을에는 예쁜 카페와 가게가 많이 생겨 있었다. 전주 한옥마을은 '가을의 정취'를 느낄 수 있는 곳이다. 붉은 단풍잎이 가득한 한옥들이 어우러져 마치 그림 같았다. 우리는 한옥마을을 거닐며 가을을 마음껏 느꼈다. 거리 중심가로 걷다 보니 캐리커처 집을 발견했다. 순무와 함께 캐리커처 그리기에 도전하기로 했다. 이 순간을 추억으로 남기고 싶었다. 순무가 얌전히 있을까 걱정이 들었지만, 다행히 화가 선생님이 그림을 그리시는 동안 얌전히 앉아 있어서 칭찬받았다. 옆에서 같이 그림을 기다리던 외국인 커플이 순무에게 "쏘 큐트!"라고 하며 쓰다듬어 주었다. 나는 "땡큐!" 하며 짧은 영어 솜씨를 뽐냈다. 5분 동안 화가 선생님께서 우리를 너무 귀엽게 그려 주셨다. 아주 마음에 드는 그림이었다. 이 추억은 우리 집 거실 한 편에 소중하게 간직하고 있다.

그림이 완성된 후 외국인 커플과 같이 그림을 기다린 짧은 인연으로 서로의 여행을 응원하며 "Have a good time!"을 외치며 안녕했다. 캐리커처를 그린 후 한옥마을을 한 바퀴 돌고 나니 어느 인적 없는 골목으로 들어섰다. 여기가 한옥마을 끝인 것 같았다. 북적거리는 거리와는 또 다른 느낌이었다. 마치 다른 세계로 넘어온 듯한 느낌이 들었다. 한옥마을 길은 시간이 빠르게 지나가는데, 이곳은 마치 시간이 멈춰버린 듯 고요했다. 조금 더 안쪽으로 걸어가자, 하천과 갈대밭이 보였다. 하천을 따라 쭉쭉 뻗은 갈대밭이 바람에 흔들렸다. 순무와 나는 바위 위에 앉아 하늘을 바라보았다. 갈대밭 사이로 부는 바람에 구름이 하늘을 유유히 떠다녔다. 나는 순무의 머리를 쓰다듬으며, 흘러가는 구름을 한참 동안 구경했다. 시간이 멈춘 듯 그 순간은 너무나 평화로웠다.

해가 슬슬 저물기 시작했고, 집에 가기 전 길거리야로 갔다. 바게트 버거를 10개나 샀다. 사장님이 놀란 눈으로 쳐다봐서 민망했지만 아랑곳하지 않았다. 거대한 바게트 버거 10봉지를 가방에 넣으며 짧았던 깜짝 여행은 그렇게 막을 내렸다. 집으로 향하는 차 안, 순무는 고단했는지 잠이 들었고 나는 바게트 버거를 먹을 생각에 설렜다. 급한 마음을 다독이며 안전운전을 했다. 4시간의 여정을 마치고 집에 도착한 나는, 들어가자마자 바게트 버거를 한입 베어 물었다. 빵의 바삭함과 고기의 고소함, 야채의 아삭함, 그리고 살짝 매콤한 소스의 조화로운 맛이 입안에 가득 퍼졌다. 그렇게 맛있는 바게트 버거는 여행의 마무리를 완벽하게 장식했다.

순무와 한옥마을 거리를 걸으면서 힘들면 쉬었다가, 뛰었다가, 걷기도 하고 아름다운 풍경도 감상하고, 사진도 찍었다. 바쁜 일상에서 벗어나 여유롭게 즐길 수 있었다. 그날의 깜짝 여행은 맵고 짠 내 하루에 샐러드처럼 상큼한 애피타이저가 아니었을까? 무엇보다 중요한 것은 나 자신을 찾는 시간을 가질 수 있었다. 8년 동안 회사 일에만 매달리면서 잊고 있었던 것들에 대해 다시 생각하게 되었다. 내가 진정으로 원하는 삶은 무엇인지, 그리고 내가 행복하기 위해 필요한 것은 무엇인지.

순무와 함께한 여행은 항상 나에게 신선함을 선물해 주었다. 낯선 길을 걷는 동안 느끼는 설렘과 두려움, 그리고 순무와 함께 헤쳐 나가는 과정은 나에게 용기를 북돋아 준다. 그것은 세상을 새롭게 바라보는 기회이고, 나 자신을 돌아보는 소중한 시간이다. 순무와 함께 본 아름다운 풍경들은 내 마음속 깊은 곳에 새겨진다. 붉게 물든 노을, 반짝이는 별빛, 그리고 푸른 바다. 순무와 함께 나눈 모든 순간이 소중한 추억이 된다. 앞으로 순무와 함께 더 많은 여행을 떠날 것이다. 세상 곳곳을 누비며 다양한 문화와 사람들을 만나고, 새로운 경험을 할 것이다. 그 모든 여정을 일기장에 담아 기록해 나가며, 순무와 함께 걸어온 길을 되새기고 더욱 성장해 나가고자 한다. 순무와의 여행은 내게 있어 인생에 있어 소중한 터닝포인트가 되어 왔으며, 앞으로도 그렇게 될 것이라 믿는다.

다음에 또 순무랑 떠나볼까나~.

세상에 단 하나뿐인
나의 특별한 반려, 순무

우리 집 순무는 믹스견이다. 믹스견은 두 개 이상의 다른 견종이 섞인 개를 말한다. 이들은 종종 '잡종', '똥개'라는 표현으로 불린다. 순종견과 달리 뚜렷한 견종 규격이 없기 때문에 외모, 성격, 건강 등을 예측하는 것이 어렵다. 그렇기 때문에 예측 불가능한 매력을 지닌다. 털 색깔, 눈 색깔, 귀 모양, 꼬리 길이 등 각각의 믹스견마다 독특한 특징들이 나타나며, 특정 분야에서 뛰어난 능력을 발휘하기도 한다. 이러한 다양성은 믹스견을 더욱 특별하고 세상에 단 하나뿐인 매력적인 존재로 만든다.

순무와 산책을 하다 보면 종종 듣는 말이 있다. "믹스견치고 예쁘네요?" 사람들은 이 말을 무심코 내뱉곤 한다. 처음 이 말을 들었을 때, 나는 예쁘다는 칭찬인 줄 알고 미소를 지었다. 하지만 시간이 지나며 이 말속에 숨겨진 진짜 의미를 깨달았다. 믹스견은 일반적으로 예쁘지 않다는 사회적 편견, 그리고 예외로 순무를 보는 시선이었다. 더욱 가슴 아픈 순간은 "멋있다! 견종이 뭐예요? 아~ 잡종이구나? 똑같은 품종으로 살까 했는데 아쉽네요."라는 반응을 받을 때였다. 품종 질문에 "믹스견입니다."라고 대답할 때마다, 사람들의 표정은 미묘하게 변했다. 마치 순무가 덜 가치 있는 존재처럼 순종견이 아니라는 사실에 실망하는 듯했다. 사회는 믹스견을 순종견만큼 가치 있게 보지 않는다. 사실, 이러한 경험은 산책 중에만 한정되지 않는다. 동물병원에서도, 반려견 카페에서도, 심지어 반려견을 위한 행사에서조차도 순종견과 믹스견에 대한 차별적인 태도를 감지할 수 있다. 믹스견은 입장이 제한되거나, 믹스견만 위한 행사는 찾아보기 힘들다. 순종견을 키우는 주인들 사이에서도 믹스견에 대한 선입견은 여전히 존재한다. "믹스견이라 문제가 없나요?" 혹은 "믹스견을 왜 데리고 오셨어요?" 같은 질문들은 믹스견에 대한 거리감을 드러낸다. 그럼 나도 똑같이 묻고 싶다.

"왜 품종견을 사셨어요?", "100만 원, 심지어 수백만 원을 주고 품종견을 사는 이유는 무엇인가요?"

귀엽고, 인형 같아서, 누구나 아는 품종을 키우고 싶거나, 있어 보이고 싶은 마음에 당당하게 품종을 말할 수 있는 이유로 고른 경우도 많을 것이다. 포메라니안은 귀여워서 좋고, 비숑은 깜찍하고, 리트리버는 똑똑해서 좋다고 말이다. 모든 아이에게는 장점이 있다. 정확하게 말하자면, 그 친구가 포메라니안이라서, 비숑이라서, 리트리버라서 예쁜 것이 아니라, 그냥 초코여서, 코코여서, 해피여서 예쁜 것이다. 그들은 온전히 그 자체로 예쁜 존재이다. 믹스견도 마찬가지이다. 그런데도 왜 믹스견에게만 키우는 이유를 설명해야 하는 걸까? 그냥 그 강아지들을 선택한 보호자의 취향이 아닐까? 취향 존중! 믹스견을 선택하는 이유는 다양하다. 어떤 사람들은 특정 품종에 알레르기가 있거나, 특정 품종이 가진 건강 문제를 걱정하기도 한다. 또 어떤 사람들은 특정 품종의 외모나 성격보다, 독특한 반려견을 원하기도 한다. 믹스견은 두 개 이상의 품종의 유전자를 물려받아 독특하고 예측 불가능한 외모와 성격을 가지고 태어난다. 이는 믹스견을 키우는 큰 매력 중 하나이며, 많은 믹스견 보호자가 즐겨 이야기하는 부분이기도 하다.

   믹스견을 선택하는 것도 품종견을 선택하는 것만큼 이유와 가치가 있다. 믹스견은 부모가 어떤 종인지 모르기 때문에 어떤 유전자를 받고 태어났는지도 모른다. 순무와 함께하며 나는 그의 독특한 장점들을 하나씩 발견했다. 순무의 후각은 사냥개 수준으로 뛰어나다. 어느 날 산책을 하던 중, 순무는 공원 한 편에서 무언가를 맡고는 갑자기 흥분을 감추지 못했다. 코는 바람을 따라 움직이며, 그가 맡은 냄새의 출처를 찾아내는 데 오랜 시간이 걸리지 않았다. 우리는 작은 고양이 한 마리를 발견할 수 있었다. 또 어느 날은 땅속 깊숙이 있는 벌레를 찾기도 했다. 아마 순무의 조상 중에 사냥개 유전자가 있지 않나 싶다.

순무의 달리기 속도는 보는 이를 놀라게 할 정도로 빠르다. 그의 다리는 짧지만, 속도는 마치 바람을 가르는 듯하다. 아마도 그의 조상 중 하나가 빠른 달리기를 요구하는 견종이었을 것이다. 공원에서 다른 강아지들과 뛰어노는 것을 보면, 순무의 속도와 민첩성이 얼마나 뛰어난지 알 수 있다. 순무와 함께 뛰는 것은 나에게도 일종의 운동이 되며, 그와의 경주에서 이기는 것은 거의 불가능하다. 순무의 외모도 매력 중 하나다. 털 색깔은 검정, 흰색, 갈색이 섞여 있어 어떤 각도에서 보아도 독특한 무늬를 자랑하며, 독특한 외모에 매료된다. 그의 체형과 다리의 길이는 진돗개를 연상시키지만, 그보다 훨씬 작고 귀여운 크기로 사람들의 시선을 사로잡는다. 순무의 이러한 외모는 그가 어디에 있든지 쉽게 눈에 띄게 만든다. 닮은 아이는 있어도 같은 아이는 없다. 아마 믹스견의 최대 장점 중 하나라고 생각한다. 여러 강아지 사이에서도 단번에 찾을 수 있는 이유. 이러한 외모는 순무가 순수한 어떤 견종에 속하지 않음을 보여주지만, 동시에 그를 세상에서 단 하나뿐인, 비교할 수 없는 존재로 만든다.

믹스견인 순무는 유전적 다양성 덕분에 순종견보다 더 건강한 체질을 가질 가능성이 높다. 이는 다양한 견종의 유전자가 섞이면서 생긴 결과로, 일명 '잡종 강세'라고 불리는 현상이다. 이는 믹스견이 더 적은 유전적 결함을 가지고 태어날 가능성이 높다는 것을 의미한다. 품종견일수록 외모나 성격과 같은 특성을 유지하기 위해 근친교배가 이루어지는 경우가 많다. 세대를 거듭할수록 그 외모적 특징을 유지하기 위해 심장병, 슬개골 탈구, 호흡 곤란 등의 각종 유전병은 물론이고, 신체장애를 앓게 된다. 이와 달리, 믹스견은 자연교배가 이루어지기 때문에 특정 유전 질환의 위험이 상대적으로 낮다는 것은 큰 장점이다. 실제로 순무는 지금까지 큰 건강 문제없이 활발하게 생활하고 있다. 병원에서 수의사들도 순무를 보고 이상적인 강아지 체형이라며 극찬했다. 온몸이 근육으로 이루어져 있어 아주 튼튼하고 건강하다고 입을 모아 이야기한다. 믹스견이 덜 똑똑하다는 편견도 깨뜨린다. 순무는 명령어를 잘 따르고, 새로운 노즈 워크도 금방 배우는 똑똑한 녀석이다. 한번 간 길은 기가 막히게 기억한다. 처음 간 할머니네 집을 기억하고, 다음 방문 시 앞장서서 스스로 찾아간 일도 있었다. 반려견 훈련사에게 훈련 헬퍼견으로 스카우트 당했을 정도로 훈련 능력 또한 뛰어나며, 자주 들리는 가게를 기억하고, 가는 길에 신나게 꼬리를 흔드는 모습은 기억력과 학습 능력이 뛰어나다는 증거가 아닐까? 이처럼 순무와의 일상은 믹스견의 매력을 가득 담고 있다. 그가 가진 독특한 외모, 뛰어난 능력은 순무를 누구와도 비교할 수 없는 존재로 만든다.

하지만, 왜 이렇게 똑똑하고 매력적인 순무와 같은 믹스견들은 여전히 차별을 받아야 하는 것일까? 이러한 현실은 마치 해리포터 시리즈에서 마법사 사회의 순종과 혼혈에 대한 차별을 떠올리게 했다. 마법사 세계에서 순수한 혈통을 가진 이들은 자신들을 우월하다고 여기며, 혼혈이나 머글 출신 마법사들을 차별한다. 이러한 현상은 우리 사회에서 믹스견에 대한 편견과 너무나도 닮았다. 순종견이 더 건강하거나 더 좋은 성격이라는 잘못된 믿음은 사람들이 믹스견에 대해 가지고 있는 편견을 강화시키며, 결국 믹스견에 대한 사회적 차별로 이어진다. 믹스견에 대한 차별의 한 예로 '블랙독 신드롬'이 있다. 검은 털을 가진 개, 특히 믹스견이 입양될 확률이 낮다는 현상을 말한다. 검은 털이 불운이나 죽음과 같은 부정적인 이미지와 연결되어 있다는 미신과 오해에서 비롯된 것으로, 단지 털의 색깔 때문에 생명체가 겪어야 하는 차별의 부당함을 보여준다. 많은 사람들이 믹스견보다 품종견을 선호하며, 외모만 보고 강아지를 선택하는 '강아지 외모지상주의'라고 할 수 있다. 아이러니하게도, 많은 사람들이 강아지를 입양한다고 말하면서도 실제로는 품종견만을 찾는 모습을 보인다. 이러한 모순은 씁쓸한 현실이다. 믹스견이 버려지거나 학대받는 경우가 많음에도 불구하고, 사람들의 외모지상주의 때문에 쉽게 입양되지 못한다. 순무는 그런 모순의 현장에서 살아남은 강아지였다.

아마 믹스견에 대한 사회적 인식을 바꾸는 것은 쉽지 않을 것이다. 그래도 요즘은 문재인 전 대통령의 퍼스트 도그 "토리", 한때 열풍이었던 강에서 떠내려온 강아지 "절미"까지 많은 믹스견이 사랑받고 있다. 특히, 블랙독 신드롬으로 오랜 시간 입양되지 못했던 토리를 입양한 사례는 사회적 인식을 바꿀 수 있는 중요한 발걸음이었다고 생각한다. 혼혈 마법사나 머글 출신이라는 사회적 편견에 굴하지 않고 자기 능력과 지혜로 인정받은 해리포터와 헤르미온느처럼, 믹스견들도 종이나 혈통과 관계없이 사랑받는 존재가 될 수 있다.

내가 순무를 통해 깨달은 것은, 강아지를 평가할 때 견종이나 외모가 아니라 그들과 우리와의 궁합이 중요하다는 것이다. 견종이나 외모보다 서로의 성격, 활동량, 라이프스타일 등이 잘 맞는 것이 중요하다. 서로의 필요와 성향을 이해하고 존중하는 것에서 진정한 우정과 사랑이 자란다. 순무와 나의 궁합은 썩 나쁘지 않다. 귀찮은 것을 싫어하고 독립적인 성격은 비슷하다. 새벽형 강아지였던 순무는 이제는 야행성인 나에게 적응하여 순무는 이젠 늦게 일어나고 늦게 잔다. 뭐 순무가 나보다 더 체력이 좋고 밖순이이긴 하지만 말이다. 순무는 믹스견이라는 이유로 차별을 받지만, 그 어떤 순종견보다도 사랑스럽고, 똑똑하며, 충성심이 강한 친구다. 어떤 사람과 강아지 앞에서도 기죽지 않고 꿋꿋한 순무를 보면 그 편견이 얼마나 하찮은지 깨닫는다.

모든 강아지는 그들 자체로 완벽하며, 사랑받을 자격이 있다는 것을.
믹스견도, 순종견도 아닌, 단 하나뿐인 유니크한 존재로서.

믹스이면 뭐 어때.
예쁘면 그만이지

햇살이 따스하게 내리쬐는 가운데, 우리는 잠시 산책을 멈추고, 공원 한쪽에

자리한 벤치에 앉아서 쉬기로 했다. 그 순간이었다. 한 할아버지께서 순무를

보시고는 우리 쪽으로 천천히 걸어오셨다.

"얘는 무슨 종이에요?" 할아버지께서 물으셨다.

순간, 나는 긴장되어 얼굴이 굳어졌지만, 곧바로 답했다.

"믹스견이에요."

할아버지의 반응은 예상 밖이었다. 대부분의 사람은 그저 "아, 그렇구나." 하고

넘어가곤 했는데, 할아버지께서는 다르셨다.

"혼혈이에요? 아니 우리 집 강아지가 시츄라고 데리고 왔는데 너무 똑같아서

궁금해서 그래요! 어디서 데려왔어요?"

"유기견 보호소에서 입양했어요." 나는 답했다.

"아이고 유기견이구나, 나는 시츄라고 데리고 왔는데 다른 게 섞인 거 같아서

사기 같아."

할아버지께서는 진심으로 관심을 보이셨다. 그분은 자신의 강아지가 시츄인

데, 순무와 너무 닮았다고 말씀하셨다. 이어지는 대화는 단순한 호기심에서 공감과 이해로 발전했다.

"시츄도 검은 무늬가 있어요!" 나의 말에 할아버지는 흥미로워하셨다. 할아버지는 순무를 더 자세히 바라보시며, "근데 이런 바둑이야 얼굴은 시츄인데, 이름이 뭐예요?" 할아버지께서는 순무에게 관심을 보이셨다.

"순무예요." 나는 자랑스럽게 대답했다.

"순무 김치 맛있는데, 강화도 순무 유명한 거 알죠?"

나의 답변에 할아버지는 강화도 순무에 관한 이야기하기 시작하셨다. 나는 순무 김치를 좋아하는 마음에서 이름을 지었다고 말씀드렸다. 그 후 할아버지는 순무를 친근하게 바라보시며, "순무야, 예쁘네, 얌전하고."라고 다정한 목소리로 말씀하셨다.

"믹스이면 뭐 어때. 예쁘면 그만이지!"

할아버지께서는 따뜻한 미소를 지으며 말씀하셨다.

"맞아요, 얼마나 귀여운지 몰라요." 나는 순무를 바라보며 대답했다.

할아버지께서는 마지막으로 순무에게 "순무야, 믹스라고 너무 기죽지 마! 너 예뻐!"라는 격려의 말씀을 남기시고 가셨다. 그 말은 순무뿐만 아니라 내 마음에도 따뜻한 용기를 주었다. 이 짧은 만남은 순무와 나에게 큰 의미가 되었다. 할아버지의 말씀처럼 믹스라고 해서 기죽을 필요는 없다.

순무는 그 자체로 이미 충분히 예쁘고, 소중한 존재니까 말이다.

에라 가다, 달려라, 순무! 세상을 향해 달려가기

우리들의
비밀 암호

  "멍멍", "야옹", 동물들은 말은 하지 못하지만, 반려인과 반려동물 서로
만 알 수 있는 비밀 암호가 있다. 우리 강아지와 함께 보내는 시간 속에는
마치 암호와도 같은 다양한 신호들이 숨어 있다. 나와 순무도 마찬가지다.
아침 인사부터 저녁 애교까지, 순무의 작은 행동과 소리에는 그의 진심이
담겨 있다. 눈을 뜨자마자 핥고 꼬리를 살랑이는 건 "오늘도 좋은 하루 보
내자!" 저녁 산책에서 뒷걸음질 치며 앞발에 힘을 주는 건 "조금 더 놀고 싶
어!" 강아지와 나누는 이러한 소소한 순간들은 우리 둘만의 특별한 언어로
가득하다. 시그널은 단순한 행동을 넘어 서로를 이해하고 소통하는 우리만
의 비밀 암호이다. 이 작은 신호들을 통해 우리는 서로의 마음을 읽고, 애
정을 확인하며, 더욱 깊은 유대감을 형성해 나가는 것이다.

비밀 암호 1: 이불 속에서 자고 싶어!

  찬란한 햇빛이 내리비치는 아침, 부드러운 이불 속에서 잠들어 있는 나.

갑자기 작은 발바닥으로 이불을 툭툭 치는 소리가 들려 눈을 뜬다. 그 순간, 아! 이것은 우리 둘만의 비밀 암호, 바로 순무가 보내는 시그널이다. "이불 속으로 들어가 함께 자고 싶다."라고 말하는 그의 속삭임이었다. 순무는 이불 속에 파묻혀 있다가 때때로 코만 내밀고 있다가 다시 숨는 등 이불 속이 따뜻하고 안락한 공간이라고 느끼는 것 같았다. 이제는 암호를 알아차리고 이불 한편을 조금만 열어준다. 우리의 특별한 이불 공유 시간을 즐긴다.

비밀 암호 2: 언니, 나 배고파!

순무의 배꼽시계는 정확하다. 식사 시간이 다가오면 갑자기 애교를 부리며 나의 얼굴을 핥고 뽀뽀를 날린다. 갑작스러운 뽀뽀 공격에 깜짝 놀라기도 했지만, 곧 그의 뽀뽀 공격이 배고픔을 표현하는 독특한 방법이라는 것을 알게 되었다. 뽀뽀 한 번 한 번에 담긴 간절한 호소에 나도 모르게 미소를 짓게 된다. 순무의 귀여운 뽀뽀에 웃음이 절로 나고, 그의 식사 그릇을 채워준다.

비밀 암호 3: 입이 심심한데 간식 좀 주라!

야식이 당기는 10시쯤 순무는 자랑스러운 듯 꼬리를 살랑살랑 흔들며 내 앞에 서서 장기 자랑을 시작한다. 엎드려, 하이 파이브, 돌아, 앉아 등 시키지도 않았는데 스스로 하는 행동에 혼란스러웠지만, 곧 그의 장기 자랑이 간식을 달라는 애교 방법이라는 것을 알게 되었다. 재치 있는 간식 요청에 웃음을 참지 못하고 간식을 건네주지 않을 수가 없다. "내 개인기 봐봐! 굉장하지? 그러니까 간식 좀 줘!" 순무의 똑똑하고 귀여운 모습에 간식 한 입을 건네준다.

비밀 암호 4: 손이 안 닿아, 여기 좀 긁어줘!

저녁 시간, TV를 보며 편안하게 앉아 있는 나의 곁에 순무가 살며시 다가온다. 처음에는 만져달라는 뜻인가 하고 쓰다듬어 줬지만, 자꾸 몸의 어느 한 곳을 이끄는 순무의 행동에 당황스러웠다. 이런 행동이 여러 번 반복되자 내 손을 턱에 가져다 대며 비비는 것이 간지럼을 느껴 긁어달라는 요청이라는 것을 알게 됐다. "여기 지금 가려워! 좀 긁어줘~."라는 묵언의 요청에 나는 효자손이 되어 그의 가려움증을 해소해 주기로 했다. 순무는 만족스러운 듯 내 손에 더욱 몸을 비볐다. 순무의 행복을 위해 최선을 다하는 효율적인 '강아지 언어 번역 전문가'가 되었다.

비밀 암호 5: 여기 장난감이 숨어 있어!

멍멍!! 순무가 갑자기 소파 옆 구석을 향해 짖는 소리를 들었다. 소리를 따라 쳐다보니 순무의 소중한 장난감이 소파 밑에 떨어져 버린 것이다. 순무는 자신의 힘으로는 장난감을 꺼낼 수 없었고, 소파 밑을 바라보며 짖으며 도움을 요청하고 있었다. 순무의 간절한 눈빛에 소파 밑으로 손을 넣어 그의 장난감을 찾아주었다. 순무는 이제 다시 소중한 장난감을 가지고 즐겁게 놀 수 있게 되었고, 만족스러운 미소가 가득했다. 순무는 어려움에 부닥치면 언제든 멍멍! 소리로 도와달라고 외친다. 그리고 순무를 사랑하는 반려인, 이 언니가 언제나 도와줄 것이란 걸 아주 잘 알고 있다.

비밀 암호 6: 언니 혹시 우리 산책하러 가?

내가 세수를 시작하는 순간, 순무는 반짝이는 눈빛으로 나를 바라본다. 그의 눈빛은 분명히 "혹시, 산책하러 갈 준비하는 거 아니야?"라는 설렘 가득한 질문이다. 옷을 갈아입자, 순무의 기대감은 폭발하고, "산책하러 가는 거지? 빨리 떠나자!" 꼬리를 좌우로 흔들며 재촉한다. 순무의 들뜬 모습에 기다림에 부응하고자 외출 준비를 서두른다.

이처럼 순무와 나만의 비밀스러운 언어는 때로는 소리 없이, 때로는 몸짓으로 전해진다. 이 특별한 언어를 이해하고 공감하는 것이 반려동물과의 관계를 더욱 돈독히 하는 방법이 아닐까? 사랑하는 마음이 깃든 언어, 순무와 나만의 비밀스러운 언어가 있다는 것은, 참 특별하다. 그 작은 몸짓 하나하나에 담긴 의미를 알아채는 순간, 우리의 교감은 더욱 깊어지는 것 같다. 말로는 표현할 수 없는 마음을 몸짓으로 전하는 모습이 너무나 사랑스럽다. 이런 순간들이 모여 우리 둘의 특별한 추억이 되어 가고 있다.

🐾 순무의 일기: 훈련은 어려워...

안녕하세요! 순무예요. 1살이 되면서 난 이상하게 변했어요. 예전에는 언니 말을 잘 들었는데, 요새 자꾸 짜증이 나고, 산책을 나가면 다른 강아지 친구들에게 으르렁거리고 짖는 버릇이 생겼어요. 내가 가고 싶은 곳에 가려고 리드 줄을 자꾸 잡아당기는 바람에 언니가 힘들어하기도 해요.

언니는 내가 개춘기라서 이런 행동을 하는 거라고 하더라고요. 그게 뭐냐고 물어보니, 어른이 되는 과정이라고 했어요. 그래서 몸도 커지고, 털도 많아지고, 그런가 봐요. 어른이 되는 게 원래 이렇게 힘든가요?

저번부터 언니랑 훈련을 시작했는데, 정말 힘들어요. 자꾸 뭘 하지 말래요! 언니가 다른 강아지를 보면 앉으라고 했지만, 너무 흥분해서 앉아 있을 수가 없었어요. 그래도 언니가 칭찬해 주고 간식을 주면서 기다려줬어요. 언니는 이렇게 해야 우리가 같이 재미있게 살 수 있대요. 훈련은 쉽지 않지만, 언니 덕분에 조금씩 나아지고 있다는 느낌이 들어요.

혹시 여러분 중에 개춘기를 잘 보내는 방법이나 다른 강아지들과 잘 지내는 방법을 알고 계신 분이 있으면 알려주세요! 정말 고민이 많아요.

앞으로도 열심히 훈련해서 더 멋진 어른 개가 되고 싶어요. 다른 강아지 친구들과도 잘 지내고, 언니 말에도 잘 따르는 동생이 되는 것이 제 목표입니다!

PS. 오늘 훈련에서 10번 화낼 뻔했는데, 7번 참았어요! 정말 잘 성장하고 있죠?

반려동물행동학

3년 차 반려견과
13년 차 반려인

강아지와 함께한 13년 차 반려인이 되었다. 풋풋했던 청춘 시절부터 지금의 성숙한 모습까지 돌아보니 내 삶은 이 작은 존재들 덕분에 정말 많이 변했다. 걷기 싫어했지만 매일 산책을 하게 되었고, 운전과는 거리가 멀어 보이던 내가 이젠 전국 팔도를 자동차로 다니게 되었다. 이쯤 되니 내가 강아지를 참 잘 만났다 싶다. 미키와 순무는 정말 손이 별로 가지 않는 강아지다. 얌전해야 할 때는 얌전하고, 산책도 잘하고(물론 강아지에게 짖기는 하지만, 없으면 천사다.), 대소변도 알아서 잘 가린다. 물론 어떤 부족한 점이 있더라도 똑같이 사랑했겠지만 이렇게 완벽한 강아지니 더더욱 사랑 안 할 수가 없는 것이다. 사람들은 종종 반려견을 진짜 사람처럼 소중하게 돌보는 모습을 보고 "강아지들이 복을 받았구나."라고 말한다. 생각해 보면 진정한 복을 받은 사람은 나였다. 미키와 순무 덕분에 규칙적인 생활 습관을 들일 수 있었고, 책임감을 배우고, 무한한 사랑을 경험할 수 있었다. 내가 누구인지, 무엇을 하는지, 얼마나 많은 돈을 가졌는지에 상관없이 나를 있는 그대로 봐주는 사랑. 세상 어떤 사랑도 이보다 진실되지는 않으리라. 이런 사랑을 보답하기 위해 그들과 여행을 떠나면서 새로운 경험과 사람들을 만날 수 있는 기회도 얻었다. 극심한 낯가림과 소심증이 있었던 내가 이제는 다른 견주들에게 먼저 다가가 인사를 나누는 모습을 보면 정말 놀랍다. 그렇게 미키와 순무의 추억은 내 안에 차곡차곡 기록되었고, 그 덕분에 내 오랜 꿈이었던 책을 출판하는 것도 이뤄줬으니, 정말로 기특한 복덩이들이 아닐 수 없다.

그렇게 미키와 10년을 보내고, 3년째 순무와 나는 함께 걸어가고 있다. 처음 그 작은 강아지를 품에 안았을 때, 설레고 두려웠다. 새로운 생명체를 돌보는 것이 쉽지만은 않았지만, 그 순간부터 우리는 서로를 향한 특별한 끈으로 연결되었다. 작은 몸으로 내 품에 안겨 왔던 강아지는 어느새 훌쩍 자라 내 곁을 지키는 든든한 반려가 되었다. 작년 6월, 퇴사라는 새로운 시작과 더불어 순무와의 특별한 시간을 선물 받았다. 일상의 굴레에서 벗어나 하루 종일 집에서 지지고 볶고, 놀고 자면서 순무와 더 가까워지는 시간을 보냈다. 우리는 이제 서로를 잘 알고 있다. 눈빛 하나로도 서로의 마음을 알아챌 수 있는 사이가 되었다. 가끔은 첫째 강아지를 생각하면 아쉬움과 그리움이 밀려온다. 그 애가 남긴 발자국은 여전히 내 마음에 깊이 박혀 있다. 그럴 때면 내 곁에 있는 반려견이 더욱 소중하게 느껴진다. 아직 함께할 시간이 많이 남아 있다는 것에 감사함을 느낀다.

순무와 함께하는 삶이 앞으로는 또 어떻게 펼쳐질까? 순무와 함께할 수 있는 재택근무라는 새로운 선택지도 경험하고 싶고, 도시를 벗어나 자연과 좀 더 가까운 곳으로 이사 가보고 싶은 마음도 든다. 작은 마당이 딸린 집에서 순무와 더 자유롭게 햇볕도 쬐고 바람도 쐴 수 있으면 좋겠다. 순무와 함께라면, 그곳이 어디든 좋을 것 같긴 하다. 가끔 궁금하다. 순무도 나를 만나기 이전의 삶을 기억할까? 나는 순무를 만나기 전의 삶으로 절대 돌아갈 수 없는데 순무도 그럴까? 어떻게 우리는 이토록 서로를 사랑하게 되었을까? 순무가 강아지가 아니라 사람이었어도 이렇게 지극한 사랑이 가능했을까? 잘 모르겠지만 중요한 건 나는 이제 사람보다 개를 더 믿고 사랑하는 사람이 되어버렸다는 거다.

아마 반려인이라면 모두 반려동물의 죽음을 한 번이라도 상상한 적 있을 것이다. 옆에 사랑스럽게 누워 있는 반려견의 죽음을 상상하면, 눈물이 왈칵 쏟아지고, 코가 맹해지고, 가슴이 아려올 것이다. 반려동물의 죽음은 피하고 싶어도 피할 수 없고, 즐기려야 즐길 수도 없다. 아무리 건강관리를 열심히 하고 안전에 조심한다고 해도 반려동물의 수명은 사람보다 짧다. 10년 남짓, 길게는 20년 정도가 순무에게 주어진 시간이다. 그 찰나의 수명을 내 수명의 반절이라도 똑 떼어 삶을 이어주고 싶은 것이 모든 반려인의 마음이 아닐까? 이별 앞에서 너무나 작아지는 것이 반려인의 숙명이다.

나는 미키를 무지개다리 건너로 보내면서 세상에서 이별을 제일 두려워하는 사람이 됐다. 그러면서도 다시 확실한 이별이 정해져 있는 새 사랑을 시작하고 말았다. 순무와 함께하기 시작했다는 건 세상에서 가장 지독한 이별을 이미 알고도 받아들였다는 의미다. 순무를 키우기 전 가장 고민한 부분도 결국 미키처럼 먼저 순무를 떠나보내야 하는 현실을 다시 받아들일 수 있느냐는 것이었다. 그럼에도 나는 순무를 가족으로 받아들였다. 각오하고 시작했지만 슬픔을 이겨낼 수 있다는 뜻은 아니다. 언젠간 겪어야 하는 순무의 죽음. 그것은 내가 겪어내야 할 현실이었다. 먼 미래에 마주하게 될 이별을 생각하며 내가 할 수 있는 건 지금 순간을 행복하게 만들어주는 것밖에 없다. 미키와 헤어지고 가장 많이 생각한 건 '후회 없이! 지금을 소중하게!'였다. 언젠간 순무와 헤어지는 날, 덜 고통스럽고 덜 아프게 후회 없이 함께하는 것이 나의 소망이다. 맛있는 간식, 신나는 산책, 편안한 안식처, 순무가 행복하게 지낼 수 있도록 내가 할 수 있는 모든 것을 다하는 것이야말로 순무에게 선사할 수 있는 최고의 견생이라고 생각한다. 이미 예정된 이별을 떠올리며 순무 생의 가장 끝 순간까지 책임져야 한다는 사실에 오늘도 열심히 일하고, 운동하고, 잘 먹고, 돈 벌며 충실하게 하루를 살아간다.

생후 3개월, 그쯤 만나 이제는 3살의 말괄량이 강아지가 되었다. 우리는 함께 나이 들고 있고, 자연스럽게 죽음으로 향하는 여정 속에 있다. 내가 먼저 세상을 떠날지, 순무가 먼저 무지개다리를 건널지는 알 수 없다. 그리고 지금까지 날 괴롭히는 펫로스 증후군을 또 마주하게 될 것이다. 아마 미키를 보낸 슬픔과 합쳐져 두 배, 네 배로 힘들지 모르겠지만, 눈물로 밤을 새우는 날이 수도 없이 많겠지만, 그들과의 만남을 절대 후회하지 않는다. 이 두 반려견은 사랑에 시큰둥했던 나에게 진정한 사랑을 느끼는 법을 알려준 그 어떤 것과도 바꿀 수 없는 소중한 보물이니까. 그리고 이 반짝반짝 빛나는 보물과 함께라면, 상실의 슬픔도 조금은 견딜 수 있을 것 같다.

여름이 돌아왔다. 햇살 아래 펼쳐지는 푸른 하늘과 싱그러운 초록은 내 마음을 설레게 한다. 나의 최애 계절이자, 사랑하는 반려견 미키가 하늘나라로 떠난 때이기도 하고, 또 다른 반려견 순무가 함께하는 시기이기도 하다. 그래서 여름은 내게 기쁨과 슬픔, 그리고 행복이 공존하는 계절이다. 내가 가장 사랑하는 계절이 돌아왔으니, 앞으로 펼쳐질 새로운 날들이 기대된다.

3년 차 반려견, 그리고 13년 차 반려인. 앞으로 우리에게 어떤 일들이 벌어질지 알 수는 없지만, 우리의 이야기는 이제 막 시작이다. 여름 바람에 실려 미키의 기억이 스쳐 지나가겠지만, 그때마다 내 옆에 순무를 더욱 꽉 안아주고 앞으로 우리 함께 만들어갈 수많은 여름을 꿈꾼다.

그리움과 사랑, 그리고 행복으로 가득한 우리의 여름은 계속된다.

뜨겁게 그리워하고! 뜨겁게 사랑하자!

나는 밥 잘 먹고, '잘잘히', 세상 잘 살아갈 준비가 됐다.

겨울: 따뜻한 포옹의 나날

순무와의 첫눈! 차가운 촉감 이런 느낌 처음이지?

순백의 세상에 우리의 발자국을 남기며

새로운 추억을 만들어가는 특별한 시간

#첫눈 #발자국 #겨울추억

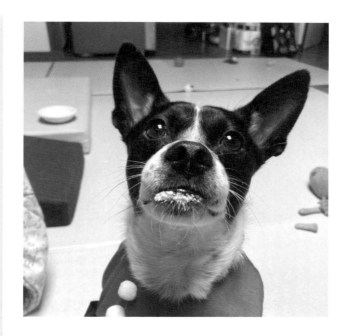

메리 크리스마스! 모두 산타에게 선물 받았나요?

나는 맛있는 케이크를 선물로 받았어요.

하늘을 나는 맛이에요! 내년에는 어떤 선물이 있을까요?

#크리스마스   #언니선물은너야   #산타순무

우리는 사실 이별하고 있다

우리는 알고 있었다.

처음 만났던 그 순간부터,

짧은 몇 년, 아니면 십몇 년의 시간이

우리에게 주어진 전부라는 것을.

반려견과의 시한부 사랑,

그 소중함을 알기에 더욱 열렬하게 사랑한다.

우리는 다시 만날 것이다.

이 세상 어딘가, 다른 시간에.

아름다운 이별을 위해
준비해야 하는 것들

　나의 사랑하는 반려견, 순무와 함께한 시간은 어느덧 3년. 모든 이야기가 그러하듯, 우리의 행복한 시간도 결국은 마침표를 찍게 될 것이다. 반려견과의 첫 만남부터, 사실은 이미 작별의 순간을 향해 걸음을 내디딘 것이나 다름없다. 짧게는 몇 년, 길게는 15년의 이상의 세월을 함께하며 나누는 시한부 사랑. 마음이 얼마나 준비되어 있든, 반려견과의 이별은 언제나 새롭고 낯설다.

　첫 번째 반려견이었던 미키와 보낸 시간이 얼마나 소중했는지를 제대로 깨닫지 못했던 것에 대한 아픔은 여전히 내 마음에 자리 잡고 있다. 미키와의 이별을 돌아보며, 나는 순무와의 남은 시간을 더욱 의미 있고 소중하게 보내기 위해 노력해야겠다고 다짐했다. 순무와의 아름다운 이별을 준비하기 위해서는 지금부터라도 할 수 있는 일들이 있다. 그것은 바로 사랑하는 순무와의 시간을 최대한 의미 있게 보내는 것이다. 우리의 시간이 얼마나 남았든 간에 순간순간을 최대한 즐기며, 순무가 행복할 수 있는 추억들을 만들어주고 싶다. 아마도 이것이 내가 순무에게 줄 수 있는 가장 큰 선물이 아닐까 싶다. 우리의 이별이 다가올 때, 후회 없이 함께 보낸 시간을 돌아볼 수 있기를 바란다. 아름다운 이별을 위해 준비하는 과정은 마음의 준비에서 시작하여, 이별 이후 슬픔을 받아들이는 것까지 이어진다.

우리의 모든 날이 소중한 기억으로 남고,

아름다운 이별이 결국 우리 둘, 모두에게 선물이 될 수 있도록.

나는 순무와 함께하는 여정을 더욱 특별하게 만들기 위해, 버킷리스트를 만들었다. 여기에는 순무가 즐거워하는 것들, 함께해보고 싶었던 모험들, 그리고 영원히 기억할 방법들이 담겨 있다. 우리는 이 버킷리스트를 하나씩 완성하며 순무와 함께했던 소중한 순간들을 되새기고, 마지막까지 행복하게 채워가려고 한다. 우리의 시간이 얼마나 남았든, 순무와 나의 이야기는 결코 잊히지 않을 것이며, 마지막 순간에 각자의 마음속에서 서로를 기억할 것이다. 반려견과의 후회 없는 이별을 위한 버킷 리스트를 만들어 보는 것을 추천한다.

<반려견 함께 하는 버킷리스트>

1. 함께 새해 일출 보기 ☐
2. 함께 새로운 도시 탐험하기 ☐
3. 함께 한강에서 피크닉 하기 ☐
4. DIY 옷 만들기 ☐
5. 함께 차박 여행 가기 ☐
6. 함께 가족사진 찍기 ☐
7. 함께 자동차 드라이브 ☐
8. 함께 배를 타고 떠나는 여행 ☐
9. 함께 눈 속에서 뛰놀기 ☐
10. 함께 캠핑하러 가기 ☐
11. 함께 수영하기 ☐
12. 함께 세차하기 ☐
13. DIY 장난감 만들기 ☐
14. 함께 봄꽃 구경하기 ☐
15. 함께 여름밤의 별빛 즐기기 ☐

16. 함께 가을 단풍 구경하기 ☐
17. 함께 겨울 눈꽃 구경하기 ☐
18. 함께 커플룩 입기 ☐
19. 함께 제주도 여행 가기 ☐
20. 추억 앨범 만들기 ☐
21. 도그쇼 나가기 ☐
22. 어질리티 훈련 받기 ☐
23. 함께 스냅사진 찍기 ☐
24. 반려동물 테마파크 가기 ☐
25. 반려견 굿즈 만들기 ☐
26. 반려견 발자국 도장 만들기 ☐
27. 함께 강아지 해변(멍비치)가기 ☐
28. 함께 반려동물 레스토랑 가기 ☐
29. 함께 새로운 공원 도장 깨기 ☐
30. 반려견의 이름으로 유기 동물
　　 보호소에 기부하기 ☐

TO.
사랑하는 나의 반려,
순무에게

안녕, 순무야! 멍멍! 언니야. 40년이라는 세월이 흘러 지금, 이 순간 너에게 이 편지를 보내고 있어. 내가 어떻게 이 긴 시간을 넘어 편지를 쓸 수 있는지 의아할 수도 있겠지만, 우리가 함께했던 그 모든 순간을 너에게 들려주고 싶어.

40년 전, 우리가 처음 만난 그날을 기억해? 아직 작은 강아지였던 너를 처음 만났던 날의 기억이 아직도 생생해. 우리 집에 오자마자 뽀뽀하고 뛰어다니던 널 말이야. 너무 장난기가 많아서 걱정하기도 했지만, 그 모습이 오히려 사랑스러웠지. 처음 보는 사람들이 무섭지도 않았어? 넌 그때부터 용감했었던 것 같아. 그 이후로 우리는 늘 함께였지. 함께 놀고, 웃고, 울며 모든 것을 함께했잖아. 내 가장 소중한 친구이자 가족이었어.

지금 네가 어떻게 지내고 있는지 궁금하지? 사실 아직 너에게 말하지 못했던 놀라운 소식이 있어. 먼저, 너는 지금 전 세계에서 가장 유명한 강아지가 되었어! 믿기 어렵겠지만, 네가 43년이라는 놀라운 나이까지 생존하며 '가장 장수한 강아지'로 동물농장에 출연하게 되면서 기네스북에 이름을 올렸어. TV 프로그램, 영화, 광고에 출연하며 '사랑받는 강아지'가 되었어. 멋지지 않아? 네가 어떻게 그렇게 오래 건강하게 살아남을 수 있었는지, 많은 이들이 궁금해하고 있어. 나조차 네가 40년이나 살 것이라곤 상상도 못 했어.

40년이라는 시간은 세상을 놀랍게 변화시켰어. 예전에는 상상도 못 했던 놀라운 기술들이 발전했고, 인간과 동물의 관계도 크게 변했지. 인공지능 기술을 이용한 첨단 동물 의료 시스템이 발달했어. 순무, 너도 자주 병원에서 건강검진을 받았지? 기억하는지 모르겠지만. 아무튼! 미래에는 반려동물 최첨단 AI 건강 관리 프로그램으로 건강 상태를 실시간으로 모니터링이 가능해졌고, 3D 프린팅 기술로 손상된 조직이나 기관을 복구하거나, 심지어 새로운 장기를 만들어 이식도 가능해졌어! 첨단 의료기기와 AI 전문 수의사 선생님께서 너의 건강 상태를 꼼꼼하게 진단하고 치료해 줬어. 덕분에 너는 43년이라는 놀라운 나이까지 건강하게 살아갈 수 있었던 거야. 네가 워낙 건강 체질인 것도 있지만.

물론, 너의 건강을 지키기 위해 내가 얼마나 노력했는지 너도 잘 알고 있지? 돈도 엄청나게 썼다! 그래도 하나도 아깝지 않아. 매일 식단에 맞춰 맛있는 음식을 만들어 주고, 규칙적으로 산책시키고, 건강검진도 꼼꼼하게 받고 말이야. 다만, 중요한 건! 지금부터 더욱 건강에 신경 써야 해. 편식은 금물이고, 간식만 찾지 말고 밥도 잘 먹고, 산책도 꼭 해야 해.

또, 하나 놀라운 이야기를 해줄게! 이젠 너와 나는 서로 대화할 수 있다? 동물과 소통할 수 있는 특수 장치를 발명해서 많은 사람들이 사용 중이야. 우리 집에도 동물 통신 시스템이 설치되어 있어. 덕분에 우리는 서로의 생각과 감정을 더 쉽게 이해하고 소통할 수 있게 되었어. 그 장치를 이용해서 즐거운 대화를 나누고 있어. 가끔 네가 말이 너무 많아서 밤을 꼬박 새우고 이야기를 할 때도 있어.

그리고 동물에 대한 인식도 완전히 바꼈어. 이제 동물은 가족의 일원으로 여겨지고 존중받고 있어. 동물 학대는 거의 사라졌고, 동물의 권리를 보호하는 법률과 제도로 많이 마련되었지. 반려동물들은 이제 주인과 어디든 함께 갈 수 있어!

이 긴 시간 동안 우리도 많이 변했어. 나는 이제 75세의 나이가 되었어. 허리도 하얗게 희고, 허리도 굽었지. 너는 43살이니까, 인간 나이로 아마 거의 200살 가까이 되지 않았을까? 처음 만났을 때는 너는 내 나이보다 어린 강아지였는데, 이제는 나보다 훨씬 나이가 많은 할머니가 되었다는 게 신기하기도 하고, 세월이 야속하기도 하네. 우린 함께 할머니가 되었고, 여전히 산책하러 나가는 걸 좋아해. 나이가 들어 몸이 느려졌지만, 천천히 걸음을 맞추며 산책하고, 은빛으로 서서히 변한 털과 약해진 다리에도 나의 사랑스러운 순무가 보이고, 여전히 나를 사랑하는 네가 있어.

40년 동안 특히 잊을 수 없는 건 너와 함께했던 여행들일까. 우리는 함께 산을 오르고, 바다를 건너고, 새로운 곳을 탐험하며 즐거운 추억을 만들었지. 새로운 곳을 갈 때마다 반짝이는 너의 눈빛과 꼬리를 살랑이는 모습은 언제나 내 마음을 보람차게 만들어 주었어. 특히 너는 제주도 여행을 가장 좋아했어. 풀과 산을 좋아하잖아. 우리가 함께 한라산 정상에서 내려다본 풍경은 정말 장관이었어. 또 가고 싶다! 이렇게 40년이 지나도 우리는 서로를 향한 사랑과 감사하는 마음을 잊지 않고, 남은 시간을 소중히 보내고 있어.

그리고 언젠가 우리는 영원히 헤어질 날을 맞이하게 될 거야. 나는 너와 함께할 수 있는 시간이 얼마 남지 않았다는 걸 알고 있어. 하지만 슬퍼하지도 후회하지도 않을 거야. 지금, 이 순간 순무와 함께할 수 있는 모든 것에 최선을 다하고 있거든. 내가 바라는 것은 단 하나야, 바로 순무, 너보다 하루 뒤에 세상을 떠나는 거야. 너의 마지막 밥을 내가 챙겨주고, 마지막 눈 감는 순간 꼭 안아주고 싶어. 만약 내가 먼저 세상을 떠난다면, 너무 슬퍼하지 마. 그냥 내 얼굴 한번 핥아주라. 언젠가 다시 만나면, 우리 천국을 산책하자! 사랑하는 나의 순무, 너와 함께한 모든 순간을 기억하며 앞으로도 우리의 시간은 계속될 거라 믿으며 너에게 이 편지를 보내.

언젠가 시간이 우리를 다시 이어주기를 바라며. 안녕.

To.
유기견 입양,
그 아름다운 선택에 대하여

따스한 마음으로 세상을 채운 특별한 당신, 버려진 털북숭이들에게 가족이라는 따뜻한 둥지를 선물한 소중한 당신, 유기견 입양이라는 아름다운 선택에 진심으로 감사드립니다.

어느 따스한 봄날, 당신의 손길은 한 마리 유기견의 삶을 영원히 바꿔 놓았죠. 버려진 채 외로움에 떨던 작은 존재에게 당신은 가족, 사랑, 그리고 행복이라는 따뜻한 선물을 주었답니다. 버림받고 힘든 시간을 보냈던 유기견이 행복한 가족을 만나게 되었다는 것은 정말 감동적이에요.

세상은 아직 유기견에 대한 편견으로 가득 차 있죠. '평범하다.', '특별하지 않다.', '문제가 있을 거야.', '훈련하기 어려울 거야.' 하는 말들로 인해 많은 유기견이 새로운 가족을 만나는 기회를 놓치고 있습니다. 사실, 유기견은 다른 반려동물들과 다름없이 똑똑하고 충성스럽다는 걸 다 알고 계실 거예요. 오히려 버려진 경험으로 인해 더욱 애정에 목말라하고, 헌신하는 모습을 보여주죠. 하지만 여러분은 그 편견을 깨고 따뜻한 가정을 선물해 주셨죠. 유기견 입양은 특별한 일이 아니라고 생각합니다. 평범한 가족도 충분히 따뜻한 사랑으로 유기견을 맞이할 수 있으니까요. 그리고 비로소 만났을 때, 당신과 당신의 반려견은 세상에서 가장 특별하고 아름다운 존재가 된 거죠.

저도 여러분처럼 유기견을 입양하여 함께 살아가는 한 사람입니다. 제 품에 안겨 있는 행복한 친구 또한, 버려지고 외로웠던 과거를 가진 아이죠. 함께 산책하고, 웃고, 울면서 서로의 가장 소중한 가족이 되었습니다. 제 친구는 제 삶에 큰 기쁨과 위로를 선사하며, 저에게 무한한 사랑을 가르쳐 줍니다.

유기견 입양을 고민하고 계신 분들께 말씀드리고 싶습니다.

편견과 두려움을 버리고, 따뜻한 마음으로 한 번만 유기견을 바라봐 주세요. 기회를 주세요. 용기를 내어 한 걸음 내디딘다면, 여러분의 삶은 크게 변할 것입니다. 유기견 보호소에는 다양한 나이, 품종, 성격을 가진 개들이 수많은 사랑을 기다리고 있습니다. 여러분의 따뜻한 마음과 사랑만 있다면, 그 누구보다도 소중하고 귀여운 반려를 만날 수 있을 것입니다. 유기견은 때로는 외모나 행동이 특이할 수 있지만, 그 안에는 너무나 순수하고 사랑스러움이 가득한 친구들입니다. 단지 매력을 뽐낼 기회를 얻지 못했을 뿐이죠. 여러분의 사랑과 관심을 갈망하며, 세상에서 가장 충직하고 사랑스러운 반려가 되어줄 것입니다.

오늘도 유기견과 함께 즐거운 순간을 보내고 계실 여러분,

유기견 보호소와 사이트를 넘나들며 새로운 가족을 찾고 계실 여러분,

모두 항상 건강하시고, 귀여운 반려견과 함께

행복이 넘치는 나날 보내시기를 바랍니다!

이 아름다운 여정을 함께 걸어가 주셔서 감사합니다.

사랑과 존경을 담아,

유기견 입양을 응원하는 김효진 드림

부록

유기견과

함께하는 삶

Part 1.
보호소에서 시작되는 인연

낯선 개와 친구 되기!

유기견 보호소에서 봉사활동을 하기 전에 낯선 개와 친구 되는 방법을 알아보는 것은 매우 중요합니다. 낯선 개와의 첫 만남은 개에게도 봉사자에게도 스트레스가 될 수 있기 때문입니다. 다음은 낯선 개와 친구 되는 데 도움이 되는 몇 가지 팁입니다.

1. 개의 신호 이해하기

– 편안한 신호: 꼬리 흔들기, 귀 기울이기, 눈 마주치기, 몸을 낮추기, 핥기
– 불편한 신호: 꼬리 숨기기, 눈을 피하기, 몸을 떨기, 으르렁거리기, 짖기

개가 불편한 신호를 보인다면, 압박하지 않고 조금 물러나는 것이 좋습니다.

개가 편안해질 때까지 기다린 후 천천히 다시 다가가세요.

2. 천천히 다가가기

- 옆에서 쪼그리고 앉아 개가 냄새를 맡을 수 있도록 해주세요.
- 개가 다가와 인사를 할 준비가 되었는지 신호를 주의 깊게 관찰하세요.
- 억지로 만지거나 인사를 시도하지 마세요.

3. 존중하는 태도 유지하기

- 조용하고 부드러운 목소리로 말하세요.
- 너무 거칠게 만지거나 껴안지 마세요.
- 개가 원하지 않는다면 눈을 마주치거나 꼬리를 만지지 마세요.

4. 인내심을 가지고 기다리기

- 개가 다가오거나 인사하기까지 시간이 걸릴 수 있습니다. 기다려주세요.
- 개를 압박하거나 강요하지 마세요.
- 개가 당신과의 상호작용에 편안함을 느낄 수 있도록 시간을 주세요.

5. 긍정적인 경험 제공하기

– 칭찬과 간식으로 좋은 행동을 강화하세요.

– 개와 함께 놀고 산책하며 시간을 보내세요.

– 개에게 안전하고 편안한 환경을 제공하세요.

6. 전문가의 도움 구하기

– 낯선 개와의 상호작용이 어려운 경우 보호소 직원에게 도움을 요청합니다.
  개의 신호를 이해하고, 안전하고 긍정적인 방식으로 개와 상호작용을 하는
  방법을 알려줄 수 있습니다.

– 개의 특성에 맞는 조언을 제공할 수 있습니다.

낯선 개와 친구가 되는 데는 시간과 노력이 필요하지만, 그 과정은 매우 보람
찬 경험이 될 수 있습니다. 이러한 방법을 통해 낯선 개와 친구가 되고, 안전
하고 긍정적인 봉사활동을 할 수 있습니다.

봉사활동 시작하기!

유기견 봉사는 버려진 강아지들을 돌보고 새로운 가족을 찾아주는 뜻깊은 활동입니다. 유기견 보호소 내에서 봉사하는 것 외에도 다양한 방법으로 참여할 수 있습니다. 임시 보호, 이동 봉사, 입양 홍보, 후원까지, 여러분에게 맞는 봉사활동을 찾아보세요.

1. 유기견 보호소 내 봉사

- 견사 청소: 견사 청소는 유기견 보호소에서 가장 기본적인 봉사활동입니다. 견사 안팎을 청소하고, 강아지 배설물을 처리하는 역할을 합니다.
- 강아지 물건 세탁 및 설거지: 물통, 식기 등 강아지 물건을 세탁하고 설거지합니다.
- 강아지 용품 정리: 강아지 사료, 간식, 배변 패드 등을 정리하고, 보관합니다.
- 강아지 산책 및 놀아주기: 강아지와 함께 산책하고, 놀아주면서 운동과 스트레스 해소를 도와줍니다.
- 사료 급여 및 미용(목욕, 빗질): 강아지에게 사료를 급여하고, 목욕과 빗질을 통해 깨끗하게 해줍니다.
- 유기견 입양 공고 홍보를 위한 사진 및 영상 촬영: 유기견들의 매력을 담은 사진과 영상을 촬영하여 입양을 홍보합니다.

※ 보호소 봉사할 때 필요한 준비물

편안한 옷과 신발: 움직임이 많으니 편안한 옷과 신발을 준비합니다.
장갑: 손을 보호하기 위해 장갑을 착용합니다.
마스크: 냄새와 털, 먼지로부터 호흡기를 보호하기 위해 마스크를 착용합니다.
식사, 물: 보호소에 따라 제공 여부가 다릅니다. 미리 확인하고 준비합니다.

2. 임시 보호 봉사

임시 보호는 입양되기 전까지 약 3~6개월가량(입양 가기 전까지) 집에서 돌봐주는 봉사 활동입니다. 낯선 보호소 환경에서 벗어나 따뜻한 가정에서 지내는 시간을 통해 유기견들은 입양 후 안정적인 생활과 적응에 더욱 쉬워집니다. 또한, 안락사 위기에 처한 유기견들의 생명을 구하는 중요한 역할도 합니다. 동물보호 관리 시스템이나 포인핸드 등에서 보호 중인 동물을 확인하고, 해당 동물을 보호 중인 센터에 연락하면 됩니다.

3. 유기견 이동 봉사

유기견 이동 봉사는 병원 방문이나 입양 확정된 강아지를 국내/해외 입양처로 이동시켜 주는 활동입니다. 차량 소유자나 해외여행 계획이 있는 분들이 참여할 수 있습니다. 비행기를 이용한 이동이라는 특성상 어려움이 있을 수 있지만, 대부분의 단체에서 복잡한 절차와 비용을 지원해 봉사자가 편리하게 참여할 수 있도록 돕고 있습니다. 동물 행동권 카라, 동물권 단체 케어 등의 단체 혹은 사설 유기견 보호소에서 신청이 가능합니다.

4. 유기견 입양 홍보

유기견 입양 홍보 글 작성 활동은 블로그, 인스타그램 등 다양한 SNS 채널을 통해 유기견들의 매력을 알리고 입양을 독려하는 봉사 활동입니다. 가까운 유기견 센터를 방문하여 입양 가능한 강아지들을 만난 후, 강아지들의 이야기, 특징, 매력을 담아 글과 함께 센터에서 촬영한 사진과 영상을 첨부합니다. 작성한 글과 함께 촬영한 사진들을 블로그, 인스타그램 등 개인 SNS 채널에 공유합니다. 해시태그 #유기견입양 #사지말고입양하세요 등을 활용하여 더 많은 사람들에게 알릴 수 있도록 도와주세요.

5. 유기견 후원

사료, 간식, 배변 패드 등 필요한 물품을 보내 소중한 생명들을 도울 방법입니다. 물품을 선정하기 전 보호소에 따라 필요한 물품이 다를 수 있으니, 사전에 홈페이지 또는 전화 문의를 통해 확인하는 것이 좋습니다. 온라인 후원

페이지를 통해 쉽게 후원할 수 있으며, 정기 후원, 일시 후원 등 다양한 방식으로 후원이 가능합니다. 후원금은 보호 동물들의 먹이, 치료, 입양 등에 활용됩니다. 홈페이지나 SNS, 등을 통해 보호소의 운영 상황이나 후원금 사용 내역 등을 확인할 수 있습니다. 유기 동물 후원 팔찌, 반지 등을 구매하여 간접적으로 후원하는 방법도 있습니다.

※ 유기 동물 후원 단체

1. 한국동물구조관리협회

전국적인 유기 동물 보호 네트워크를 구축하고 있으며, 다양한 보호 활동 진행하는 단체입니다. 동물등록제도, 구조 동물 관리, 농장 동물 복지 등 동물 관련 정보 제공하고 온라인으로 유기 동물 입양 신청 가능합니다.

2. 사단법인 유행사

유기 동물의 행복을 찾는 단체로, 입양, 후원, 봉사 등 다양한 방식으로 유기 동물 돌보고 있습니다. 정기적으로 공지 사항, 회계 보고, 행사 등을 공유하며, 기업 및 개인의 후원을 받고 있습니다.

3. 동물자유연대

동물 보호와 권리 증진을 위해 노력하는 단체로, 유기 동물 구조 및 입양 활동하고 있으며 기부금 100%를 동물 구조 및 보호에 사용하고 있습니다.

4. 비글 구조 네트워크

비글 견종 유기 동물 구조 및 입양 활동을 전문적으로 하는 단체입니다.

5. 동물권 행동 카라

구조와 입양, 정책 연구와 법 제정 등을 통해 동물권 확장 활동하고 있으며, 외부 회계감사와 매월 재정 보고로 후원금을 투명하게 운용하고 있습니다.

보호소 봉사 신청하기!

최근에는 많은 사람이 보호소 봉사에 참여하고 있으며, 봉사를 신청하는 방법도 다양해졌습니다. 요즘 유기견 보호소나 단체에서는 네이버/다음 카페나 블로그, 인스타그램 등 SNS 채널을 운영하고 있어, 관련 게시글이나 DM(다이렉트 메시지)을 통해 간단하게 신청이 가능합니다. 봉사 활동 시간, 장소, 내용 등은 보호소마다 다를 수 있으니, 자세히 확인하시기를 바랍니다.

신청 방법

1. 1365 자원봉사 포털

- 행정안전부에서 운영하는 자원봉사 사이트입니다.
- 가입 후 '유기견'을 검색하면, 현재 진행 중인 유기견 봉사를 찾을 수 있습니다.
- 대부분의 1365 자원봉사 포털 봉사는 시간 인증도 가능합니다.

2. 동물 보호 단체

- 해당 단체의 사이트 또는 SNS에서 진행 중인 봉사를 확인하고 신청하세요.

3. 보호소에 직접 신청

– 가까운 보호소의 커뮤니티나 SNS를 확인하여 봉사 관련 게시글이 있는지

  확인해 보세요.

4. 유기견 봉사 모임

– 정기적으로 유기견 봉사를 하고 싶다면 유기견 봉사 모임에 가입하는 방법

  도 있습니다.

– SNS, 오픈 채팅, 카페 등을 통해 활동할 수 있는 지역의 모임을 찾아보세요.

※ 주의 사항

1. 봉사 신청 전에 반드시 해당 보호소의 규정 및 안내 사항을 확인하세요.
2. 봉사활동 내용, 시간, 장소, 준비물 등을 확인하고 참여하는 것이 좋습니다.
3. 대부분의 봉사활동은 성인 이상만 가능합니다.
4. 봉사 활동 중에는 안전에 유의하고, 보호소 직원의 지시에 따라 행동하세요.

임시 보호는 단순히 동물을 돌보는 행위를 넘어 사랑의 다리를 놓는 역할을 합니다. 임시보호자와 입양 홍보 활동에 참여하는 많은 사람들 덕분에 버려진 동물들이 행복한 삶을 찾을 기회가 늘어나고 있습니다.

임시 보호란 무엇일까요?

임시 보호는 유기 동물 보호소에 수용된 동물들이 입양 가정을 찾기 전까지 일시적으로 보호하는 활동을 말합니다. 줄여서 임보라고도 불립니다. 짧게는 며칠, 길게는 몇 달 동안 임시 보호자는 동물들에게 산책, 배변 처리, 기본적인 훈련 등을 제공하며 사랑과 보살핌을 주고, 적합한 입양 가정을 찾아 연결하는 역할을 합니다. 강아지, 고양이, 토끼, 새 등 다양한 동물들이 임시 보호를 기다리고 있습니다.

임시 보호가 중요한 이유!

1. 안락사 감소: 보호소는 한정된 수의 동물만 수용할 수 있으며, 오랜 기간 입양되지 못하는 동물들은 안락사 위기에 처하게 됩니다. 임시 보호는 이러한 동물들을 가정에서 보호함으로써 안락사를 줄이는 데 기여합니다.

2. 동물들에게 긍정적인 영향: 보호소 환경은 동물들에게 스트레스를 줄 수 있으며, 이는 행동 문제로 이어질 수 있습니다. 임시 보호 가정에서 동물들은 가족과의 삶을 경험하며 사회성을 배우고, 새로운 환경에 적응하는 능력을 키울 수 있습니다.

3. 입양 가능성 높이기: 임시 보호 경험을 통해 동물들의 성격과 특징을 잘 파악하게 된 임시보호자들은 잠재적인 입양자들에게 정확한 정보를 제공하고 적합한 입양자와 매칭하는 데 중요한 역할을 합니다.

4. 보호소 부담 감소: 임시 보호는 보호소의 동물 수를 줄이고 새로운 공간을 확보하는 데 도움이 됩니다. 임시보호자들이 동물들을 돌보는 동안 발생하는 사료비, 치료비 등의 부담을 줄여줄 수 있습니다.

임시 보호를 시작하는 방법!

1. 입양 자격 확인

동물 구조단체마다 입양 자격 기준이 다를 수 있으니, 먼저 관심 있는 단체에 문의하셔야 합니다. 일반적으로 만 19세 이상, 본인 소득으로 생활 가능, 충분한 시간과 공간, 동물을 돌볼 수 있는 건강 상태 등을 기본 조건으로 합니다.

2. 동물 선택

홈페이지나 SNS를 통해 임시 보호 동물 정보를 확인하실 수 있습니다. 나의 환경과 생활 방식에 맞는 동물을 선택하는 것이 중요합니다.

3. 면접 및 교육

입양 신청 후 면접을 통해 동물과의 적합성을 평가합니다. 동물 관련 교육을 수강해야 하는 경우도 있습니다.

4. 임시 보호 계약

면접과 교육을 통과하면 임시 보호 계약을 체결합니다. 계약 내용을 꼼꼼히 확인하고, 책임감을 가지고 임시 보호 활동을 진행해야 합니다.

5. 임시 보호 기간

임시 보호 기간은 동물 구조단체마다 다르지만, 일반적으로 1개월 이상입니다. 동물의 상태에 따라 연장될 수도 있습니다.

6. 입양 또는 다른 가족 찾아주기

임시 보호 기간 동안 적합한 입양 가족을 찾아 입양으로 이어질 수 있도록 노력합니다. 입양자가 발견되지 않을 경우, 다른 임시 보호 가족에게 연결하거나, 동물 구조단체에서 계속 보호하는 경우도 있습니다.

임시 보호를 시작하기 전에 동물 보호 단체와 상담하여 필요한 물품들을 확인하는 것을 추천합니다. 또한, 동물의 개별적인 상황에 따라 추가로 준비해야 할 물품들이 있을 수 있습니다.

가족을 찾기 위한 홍보하기!

입양 홍보는 임시 보호된 동물들이 더 많은 입양 가정을 만날 수 있도록 돕는 중요한 역할을 합니다. 임시 보호된 동물들이 행복한 입양 가정을 찾을 수 있도록 적극적인 입양 홍보가 필요합니다.

1. 다양한 홍보 채널 활용: SNS, 블로그, 웹사이트, 동물 보호 단체 홈페이지 등 다양한 채널을 통해 입양 대상 동물들의 정보와 사진, 영상 등을 공유합니다.

2. 입양 관련 정보 제공: 입양 절차, 필요한 준비물, 입양 후 관리 방법 등 입양에 대한 명확한 정보를 제공합니다.

3. 사진 및 영상 활용: 강아지의 귀여운 사진과 함께 짧은 영상을 촬영하여 SNS나 온라인 입양 플랫폼에 게시합니다.

4. 강아지 프로필 작성: 강아지의 나이, 성별, 성격, 특이 사항 등을 자세히 작성하여 강아지에 대해 잘 알 수 있도록 합니다.

※ 입양 홍보 Tip!

1. 강아지의 매력을 잘 드러낼 수 있는 사진 및 영상 제작하기
2. 강아지의 성격, 특이 사항, 트레이닝 상태 등을 정확하게 명시하기
3. 긍정적이고 따뜻한 글쓰기로 잠재 입양자들의 마음을 감동하게 하기
4. 정기적인 홍보 게시 및 댓글 관리하기
5. 궁금증을 가진 잠재 입양자들에게 친절하고 신속하게 답변하기

※ 입양 자격 기준

1. 만 19세 이상의 성인

2. 경제적 여건을 갖추고 있는 사람

3. 동물 학대나 방치 경험이 없는 사람

4. 강아지를 돌볼수 있는 시간적, 공간적 여유가 있는 사람

5. 다른 반려동물과의 안전한 동거가 가능한 사람

6. 가족 구성원 모두가 입양에 동의한 사람

Part 3.
입양: 새로운 가족 맞이하기

입양 준비 체크리스트!

강아지의 평균 수명은 10~15년 정도이지만, 실제로는 15년 이상 사는 경우도 많습니다. 십수 년 동안 생명을 함께 가족으로 맞이한다는 것은 큰 책임이 따르기 때문에, 충분한 마음의 준비가 필요합니다. '반려견, 나도 키워볼까?' 진지하게 고민하고 있다면, 입양 전 필수적으로 고려해 보아야 할 몇 가지 사항들을 소개합니다.

1. 마음가짐

[거주 형태]

– 혼자 살 경우

① 하루 평균 몇 시간을 강아지와 함께할 수 있나요?

② 정기적인 산책과 놀이가 가능한가요?

③ 결혼을 앞둔 경우, 배우자의 동의를 얻었나요?

– 가족과 살 경우

④ 반려인 외에 강아지를 돌볼 가족 구성원이 있나요?

⑤ 가족 구성원 모두 반려견을 맞이하는 데 동의하나요?

⑥ 반려견 돌봄 책임을 다른 가족에게 미루지 않을 자신이 있나요?

[경제적 여유]

⑦ 반려동물의 돌봄과 관련된 비용을 감당할 수 있나요?

⑧ 갑작스러운 질병이나 사고로 인한 치료 비용을 대비할 수 있나요?

⑨ 반려견의 마지막 순간까지 책임질 수 있나요?

[알레르기 체크]

⑩ 본인을 포함한 가족 구성원에게 알레르기 반응은 없나요?

나에게 맞는 반려견 찾기!

체크리스트를 확인하고 강아지를 키울 수 있다는 판단이 들었다면, 입양 준비를 시작합니다. 우선 자신의 성향과 맞는 견종을 알아보고, 함께 생활하며 꾸준히 맞춰 나가는 과정을 거쳐야 합니다.

1. 라이프 스타일과 환경

생활 환경: 충분한 실내외 공간이 있나요?

시간: 산책, 놀이, 훈련 등에 필요한 시간을 할애할 수 있나요?

책임감: 강아지의 삶을 책임질 준비가 되어 있나요?

경제적 여건: 음식, 용품, 의료비 등의 지출을 감당할 수 있나요?

가족 구성원: 모두가 반려견을 맞이하는 데 동의하나요?

생활 방식: 활동적인 라이프 스타일인가요, 아니면 편안한 생활을 선호하나요?

2. 크기

소형견: 10kg 미만, 작은 아파트에 거주하거나, 체력적으로 활동량이 적은 사람들에게 추천합니다.

중형견: 10kg~25kg, 활동량이 적당하고 다양한 크기의 주택에 추천합니다.

대형견: 25kg 이상, 넓은 공간과 충분한 운동을 제공할 수 있는 사람들에게 추천합니다.

3. 성격과 기질

조용하고 다정한 성격: 차분하고 안정적인 환경을 선호하는 사람들에게 추천합니다.

활발하고 장난스러운 성격: 함께 놀고 운동하는 것을 좋아하는 사람들에게 추천합니다.

독립적이고 침착한 성격: 혼자 시간을 보내는 것을 좋아하는 사람들에게 추천합니다.

강아지와 성견 선택: 강아지는 훈련과 사회화가 필요하며, 성견은 성격이 이미 형성되어 적응이 용이할 수 있습니다.

4. 믹스견 고려하기

믹스견은 두 개 이상의 순종이 섞여 태어난 강아지를 말합니다. 믹스견은 다양한 성격과 외모를 가지고 있으며, 유전적 질환에 대한 위험이 낮을 수 있습니다. 믹스견 입양은 보호소에서 진행하는 경우가 많아, 버려진 강아지들에게 새로운 삶을 제공할 수 있다는 장점도 있습니다.

※ 믹스견을 입양하기 전에 고려해야 할 사항

1. 믹스견의 부모 견종은 알 수는 없습니다. 따라서 성격과 크기를 정확히 예측
   하기 어렵습니다.
2. 믹스견은 외모가 다양합니다. 어떤 모습의 강아지를 원하는지 미리 생각해
   보세요.
3. 믹스견 입양을 고려하고 있다면, 지역 동물 보호소를 방문하여 다양한 믹스
   견을 만나보세요.

모든 강아지는 개성이 다릅니다. 입양 전에 직접 만나보고, 성격과 잘 맞는지 확인하는 것이 중요합니다. 새로운 반려견과의 삶은 즐겁고 보람 있는 경험이 될 수 있습니다. 책임감을 가지고, 충분한 준비를 하여 강아지를 맞이하는 것이 중요합니다. 위의 체크리스트를 통해 자신에게 딱 맞는 반려견을 찾아 행복한 반려 생활을 시작하시길 바랍니다.

유기견, 어디서 입양할 수 있나요?

직접 유기견을 구조하여 키우는 경우도 있지만, 대개 유기견 보호소나 비영리단체, 유기 동물 입양 카페 등을 통해 입양합니다. 집에서 가까운 보호소를 찾기 어렵다면 국가 동물보호 정보시스템 홈페이지(www.animal.go.kr)의 '유기 동물 · 동물보호소 – 유기 동물보호소' 페이지에서 지역별로 검색할 수 있습니다. 그래도 잘 모르겠다면, 다음의 주요 동물보호단체 목록을 참고해 보세요.

※ 주요 동물보호단체 목록

- 동물보호시민단체 카라 www.ekara.org
- 동물자유연대 www.animals.or.kr
- 위액트 www.weactkorea.org
- 엔젤프로젝트 www.angel–project.or.kr
- 동물보호단체 라이프 www.savelife.or.kr
- 도로시 지켜줄개 cafe.naver.com/dorothy486
- 행동하는 동물 사랑 linktr.ee/hds_adopt
- 행복한 유기견 세상 blog.naver.com/inca_happydog
- 포인핸드 linktr.ee/pawinhand1
- 동물권 단체 케어 animalrights.or.kr/

유기견, 입양 절차가 궁금해요!

유기 동물 입양 절차는 필요 서류 확인이나 상담이 필요합니다. 이는 한번 아픔을 겪은 아이들이 다시 유기되고 큰 상처를 받지 않도록 예방하기 위한 것입니다. 그렇다면 어떤 절차를 따라야 하는지 자세히 알아볼까요?

1) 유기 동물 정보 확인 및 문의

포인핸드, 동물보호관리시스템 등에서 유기 동물 정보를 확인할 수 있습니다. 해당 사이트에서 함께하고 싶은 아이와 보호 위치 등의 정보를 탐색할 수 있습니다.

2) 입양 신청서 작성

공고 번호 확인 후 해당 보호소에 전화를 걸어 확인 및 입양 의사를 전달합니다. 보호소 측에서 입양 신청 전 필요한 서류에 대해서 안내 후, 방문 예약을 잡고 안내받은 서류 등을 꼼꼼히 준비해야 합니다.

3) 서류 검토 및 면담

방문 및 상담 진행 안내받은 입양 서류를 지참하여 보호소에 방문합니다. 입양 서류 검토 및 상담을 진행합니다. 이 과정에서 유기 동물을 키우는데 큰 문제가 없는지 심사를 받습니다. 직접 아이를 대면하게 되는 단계입니다.

4) 입양 완료

입양 날짜 조율 방문 상담 및 심사를 통해 유기 동물 입양이 결정되었다면, 입양 날짜를 조율하게 됩니다. 함께 생활하게 될 집으로 데려올 날짜를 보호소와 조율하는 단계입니다. 입양이 확정되면 입양 서약서를 작성하고, 입양 책임비를 지불해야 하는 경우도 있습니다.

※ 유기견 책임비

동물보호 시설의 방침에 따라 유기견 입양 시, 입양을 진지하게 고민하라는 의미로 책임비(무료~20만 원 내외)를 받는 곳도 있습니다. 책임비는 버려진 유기견이 다시 상처받지 않도록 하기 위한 정책으로 파양을 방지하기 위함이며, 또 다른 유기견의 구조와 치료에 사용되는 비용입니다.

입양 완료 단계를 거치면 아이와 완전한 가족이 될 수 있습니다. 이 단계에서 가장 중요한 것은 책임감입니다. 새로 바뀐 환경에 아이가 적응할 수 있도록 적극적으로 도와주시는 것이 좋습니다. 또한, 입양 후에는 중성화가 되어 있지 않은 아이들은 중성화 수술을 반드시 시켜주시는 것이 좋습니다.

※ 필요한 서류

1. 신분증 또는 여권, 운전면허증

2. 주민등록등본

3. 입양 신청서

4. 가족 구성원 동의서

― 보호소마다 입양 시 필요 서류가 다르니 미리 확인 후 서류를 챙겨 방문
   하길 추천합니다.

유기 동물 입양 시 혜택이 있어요!

지자체 보호 센터에서 입양할 시에는 받을 수 있는 혜택이 있습니다. 지원받을 수 있는 항목으로는 접종비, 내장 칩, 동물 등록비, 중성화 수술비 등이 있습니다. 입양을 한 후 6개월 이내에 영수증을 모아 제출하면 최대 15만 원까지 지원받을 수 있다고 합니다! 지자체별로 제출하는 서류가 다르니 해당 지자체 반려동물과 혹은 축산과 홈페이지에서 확인해 보는 것을 추천합니다.

※ 입양 전 한 번 더 점검해요!

– 유기견 보호소에서 데려온 경우, 머문 기간은 어떻게 되는지

– 유기견 보호소에서 데려온 경우, 보호소에 병에 걸린 강아지가 없었는지

– 급여 중인 사료는 무엇인지

– 좋아하는 음식과 싫어하는 음식

– 알레르기 여부 또는 특이 병력은 없는지

– 다른 개들과 잘 어울리는 편인지

– 부모견을 알 수 있는 경우 병력 및 성격은 어떤지

– 배변은 어디서 어떻게 봤는지, 배변 횟수는 어떻게 되는지

– 예방접종 여부(반려견 수첩이 있으면 요구할 것)

– 마이크로칩 등록 여부

– 그 외 특이 사항

Part 4.
반려견과의 행복한 동행

이제 반려견과 새로운 가족이 되었습니다. 강아지 시기를 거쳐 어엿한 성견이 될 때까지, 이제 보호자는 반려견의 건강을 책임져야 합니다. 무엇부터 시작해야 할까요? 강아지의 성장 단계에 맞춰 꼭 실시해야 하는 강아지 필수예방 접종! 반려견을 처음 가족으로 맞이하는 초보 반려인이라면 반드시 정확히 알고 있어야 합니다. 반려동물의 특성상 아프다고 표현하거나 몸의 이상 증상을 알아차리지 못하기 때문에 정기적인 건강검진을 통해 사전에 질병을 예방하는 것이 좋습니다.

반려견 필수 예방 접종!

Q. 언제 강아지에게 백신을 접종해야 하나요?

강아지 필수 예방 접종은 생후 6주부터 16주까지 2주 간격으로 총 6회 실시합니다. 이후 심장 사상충과 외부 기생충 예방 접종은 1달씩 기간을 두고 진행하는 것을 권장합니다.

Q. 필수 백신은 무엇인가요?

1. **DHPPL(종합 백신):** 홍역, 바이러스성 간염, 파보 장염 등 강아지에게 자주 발생하고 사망률이 높은 질환을 종합적으로 예방합니다.

2. **코로나 장염 백신:** 코로나바이러스에 의해 유발되는 장염, 구토, 발열, 설사 등을 예방합니다.

3. **켄넬 코프 백신:** 전염성이 강한 기관지염으로 기침, 발열, 콧물 등의 증상을 예방합니다.

4. **신종 플루 백신:** 전염성이 강한 신종 플루 바이러스에 의해 유발되는 호흡기 질환을 예방합니다.

5. **광견병 백신:** 중추신경계에 침입하여 죽음에 이르게 하는 전염병을 예방합니다.

6. **심장 사상충 백신:** 기생충의 일종인 심장 사상충은 '모기'에 의해 감염되어 심장에 기생하며 혈관을 막는 질환 예방합니다.

7. **외부 기생충 백신:** 진드기, 벼룩 등의 외부 기생충에 의한 감염을 예방합니다.

※ 강아지 예방 접종 순서

1차 접종(생후 6주): DHPPL 1차 + 코로나 장염 1차

2차 접종(생후 8주): DHPPL 2차 + 코로나 장염 2차

3차 접종(생후 10주): DHPPL 3차 + 켄넬 코프 1차

4차 접종(생후 12주): DHPPL 4차 + 켄넬 코프 2차

5차 접종(생후 14주): DHPPL 5차 + 신종 플루 1차

6차 접종(생후 16주): 신종 플루 2차 + 광견병 예방 접종

반려견 건강검진!

건강검진은 강아지의 건강을 위해 꼭 필요합니다. 동물은 사람처럼 몸 상태를 직접 말하지 못하기 때문에 몸이 좋지 않아 동물 병원에 방문했을 때는 질병이 어느 정도 진행된 경우가 많습니다. 건강검진은 질병으로 발전하기 전에 이상 징후를 조기에 발견해 몸을 건강한 상태로 유지하기 위해 1년 또는 3년 등의 일정 주기로 받는 것을 추천합니다.

1. 문진

본격적인 건강검진에 들어가기 전 강아지가 먹는 사료, 간식 등 식이습관과

목욕, 산책 등 생활 패턴, 예방접종 유무 등 강아지에 대한 모든 정보가 필요합니다. 보호자는 강아지에 대한 정보를 최대한 상세하게 말해주어야 강아지에게 맞는 건강검진을 실시할 수 있습니다.

2. 신체검사

신체 각 부위를 수의사가 직접 보고, 듣고, 만져서 심장 및 호흡 소리, 체중, 치아, 귀, 눈 상태 등 신체 부위를 평가하는 검사입니다. 특히 청진기를 사용해 진행하는 심장 소리 확인 검사는 노령견에서 많이 발생하는 심장 질환을 조기 발견하는 데 아주 중요합니다. 걷는 모습을 보고, 팔다리 관절을 움직여 보는 것만으로도 슬개골 탈구, 고관절 탈구, 십자인대 단열 등 정형외과 질환을 평가할 수 있습니다.

3. 혈액 검사

혈액의 각종 성분을 검사해 몸 전체의 장기 또는 조직에 대해 평가할 수 있는 검사입니다. 혈액의 고체 성분인 적혈구, 백혈구, 혈소판에 관한 정보는 강아지 몸 안에 염증이 진행되는지, 빈혈이 있는지를 알려줍니다.

4. X-선 검사

몸 안의 장기 모습을 평가하는 검사입니다. 심장의 모양을 보면 심장 질환의 유무를 알 수 있고, 폐의 음영을 보고 폐질환에 대해 알 수 있습니다. 이외에도 위장관의 모양, 간, 비장, 콩팥, 비뇨기 장기들의 모양을 평가해 앞으로 어떤 질병에 걸릴 수 있는지 예측해 볼 수도 있습니다.

5. 소변 검사

오줌의 성분을 검사해 비뇨기 질환에 대한 초기 손상 지표로 사용됩니다. 특히 신장은 60% 이상 손상돼야 혈액검사에서 확인할 수 있습니다.

반려견 중성화 수술 꼭 해야 하나요?

반려견 중성화 수술은 의무 사항은 아니지만, 대부분의 전문가는 중성화를 권장합니다. 중성화 수술은 반려견의 건강과 행동, 그리고 반려동물 과잉 문제 해결에 많은 도움이 됩니다. 장단점을 이해하고 강아지에게 가장 적합한 결정을 내리는 것이 중요합니다.

Q. 중성화 수술이란 무엇인가요?

중성화 수술은 반려동물의 생식기능을 제거하는 수술입니다. 수컷의 경우 고환을 제거하고, 암컷의 경우 난소와 자궁을 제거합니다. 이를 통해 번식이 불가능해지며, 관련 질병 위험도 낮아집니다.

Q. 중성화는 언제 하는 것이 가장 좋은가요?

일반적으로 생후 6개월 ~ 1세 사이, 첫 발정기 이전에 시술하는 것을 권장합니다. 이 시기는 성적 성숙이 이루어지기 전이므로 수술 후유증이 적고, 건강상 이점도 크기 때문입니다. 단, 품종과 개체에 따라 다를 수 있으므로 반려동물 병원과 상담하는 것이 좋습니다.

Q. 중성화는 어떤 장점이 있나요?

중성화의 주요 장점은 ①번식 억제, ②암 발병 위험 감소, ③공격성 및 배회 행동 감소, ④생식기 질환 예방 등입니다. 반려동물의 건강과 행동, 그리고 유기 동물 문제 해결에 큰 도움이 됩니다.

Q. 중성화 시 반려견의 행동과 영양 요건은 어떻게 달라지나요?

중성화 후에는 반려견의 활동량이 줄어들고 체중이 증가할 수 있습니다. 중성화로 인해 호르몬 변화가 있으므로, 전문의와 상담하여 적절한 영양 관리가 필요합니다.

반려동물 등록제란 무엇일까요?

반려견과 함께하는 행복한 삶을 위해 꼭 알아야 할 반려동물 등록제란 반려동물의 실종 예방 및 유기를 방지하기 위해 정부가 시행하는 제도로, 모든 반려견은 생후 3개월 이상이 되면 반드시 등록해야 하며 등록된 정보는 반려동물의 식별과 관리에 도움이 됩니다. (*고양이는 등록 의무 대상이 아니에요!)

반려동물 등록 방법!

반려동물 등록은 크게 두 가지 방법이 있습니다. ①마이크로칩 삽입, ②외장형 등록표 부착입니다. 각 방법은 장단점이 있으며, 반려동물의 안전과 편의를 위해 가장 적합한 방법을 선택하는 것이 중요합니다.

1. **내장형:** 쌀알 크기의 체내 거부 반응이 없는 마이크로칩을 삽입하는 방법으로, 국제 규격에 맞는 동물용 의료기기를 사용합니다. 시술비가 비싼 편이지만 파손 위험이 거의 없고, 외출 시 칩을 따로 챙길 필요가 없어서 편리합니다.

▶ 지정된 동물 병원 및 등록 대행업체 방문
▶ 시술 후 시 · 군 · 구청 승인 후 등록증 수령

2. **외장형:** 목걸이 형태로 착용하는 방법입니다. 외장 칩은 강아지의 몸에서 쉽게 분리되기 때문에 내장형과 달리 동물 정보를 파악하지 못할 수도 있습니다. 하지만 강아지의 몸 상태가 시술을 받기 어려운 경우 간편하게 등록할 수 있다는 장점이 있습니다. 동물 병원 또는 보호 센터 방문, 등록 대행 온라인 서비스 접속하여 신청이 가능합니다.

▶ 외장형(인식표) 등록 후 시 · 군 · 구청 승인 후 등록증 수령

※ **강아지 동물등록비용**

내장형: 4만~8만 원(수수료 10,000원 포함)
외장형: 1만~2만 원(수수료 3,000원 포함)

– 시술비나 외장형의 가격에 따라 조금씩 달라질 수 있습니다.

반려견 등록은 단순히 행정 절차가 아닌, 사랑하는 반려견을 보호하고 사회적 책임을 다하는 중요한 행동입니다. 아직 등록하지 않으셨다면, 지금 바로 가까운 동물 병원이나 동물보호 센터에 방문하여 등록하시기를 바랍니다.

전국 무료 반려견 놀이터

서울특별시

- 🐾 서울숲 반려견 놀이터 – 서울특별시 성동구 뚝섬로 273
- 🐾 어린이대공원 반려견 놀이터 – 서울특별시 광진구 능동로 216
- 🐾 월드컵공원 반려견 놀이터 – 서울특별시 마포구 증산로 32
- 🐾 매헌 시민의 숲 – 서울특별시 서초구 매헌로 99
- 🐾 보라매공원 반려견 놀이터 – 서울특별시 동작구 여의대방로 20길 33
- 🐾 초안산 근린공원 반려견 놀이터 – 서울특별시 도봉구 해등로3길 48–11
- 🐾 안양천 반려견 놀이터 – 서울특별시 영등포구 문래동 6가 52

경기도

- 🐾 기흥 레스피아 반려견 놀이터 – 경기도 용인시 기흥구 하갈로 79
- 🐾 덕수공원 반려견 놀이터 – 경기도 고양시 덕양구 고양대로 1804–2
- 🐾 광교호수공원 반려견 놀이터 – 경기도 수원시 영통구 광교호수로 214
- 🐾 백미힐링마당 반려가족 놀이터 – 경기도 화성시 서신면 백미길 150–28
- 🐾 옥구 공원 반려동물 공원 – 경기도 시흥시 정왕동 2138
- 🐾 이천시 애견 놀이터 – 경기도 이천시 부발읍 중부대로 1696
- 🐾 삼막 애견공원 – 경기도 안양시 만안구 삼막로 속수동 18번지
- 🐾 일산 호수 공원 반려견 놀이터 – 경기도 고양시 일산동 장항동 903

인천광역시

- 송도 도그파크 – 인천광역시 연수구 송도동 26-1
- 인천대공원 반려견 놀이터 – 인천광역시 남동구 무네미로 236
- 계양구 꽃마루 반려견 쉼터 – 인천광역시 계양구 봉도대로 855 계양 경기장 내
- 월미공원 반려견 놀이터 – 인천광역시 중구 월미로 297 이민사박물관역
- 문학산 잔디광장 반려동물 놀이터 – 인천광역시 미추홀구 학익동 산 58-1

강원도

- 춘천시 반려동물 놀이터 – 강원특별자치도 춘천시 영서로 3282
- 태백시 반려견 놀이터 – 강원특별자치도 태백시 소도동 24-2
- 흥업면 반려견 쉼터 아름들 – 강원특별자치도 원주시 흥업면 흥업리 222
- 남이섬 투개 더 파크 – 강원특별자치도 춘천시 남산면 방하리 198-7
- 별빛 반려견 놀이터 – 강원특별자치도 영월군 남면 연당로 61

충청남도

- 도솔 광장 반려견 놀이터 – 충청남도 천안시 동남구 천안대로 844
- 로컬푸드 직매장 부지 내 반려동물 놀이터 – 충청남도 태안군 남면 안면대로 1641

충청북도

- 청주시 반려견 놀이터 – 충청북도 청주시 청원구 무심서로 1097
- 문암생태공원 내 반려견 놀이터 – 충청북도 청주시 흥덕구 문암동 122-2
- 원남생태공원 내 반려견 놀이터 – 충청북도 음성군 원남면 조촌리 387
- 충주종합운동장 내 반려견 놀이터 – 충청북도 충주시 모시래길 105

경상남도

- 낙원 농원 반려견 놀이터 – 경상남도 부산광역시 기장군 백운산길 38
- 동숲 반려견 놀이터 – 경상남도 부산광역시 남구 신선로 410 동명 공업고등학교
- 창원 펫 빌리지 놀이터 – 경상남도 창원시 성산구 상복동 564-1
- 명덕호수 공원 반려견 놀이터 – 경상남도 울산광역시 동구 전하동 산 155
- 울산 애견공원 – 경상남도 울산광역시 남구 남부순환도로 209

경상북도

- 동락공원 반려견 놀이터 – 경상북도 칠곡군 석적읍 중리 491
- 달서 반려견 놀이터 – 대구광역시 달서구 성서공단로 287

전라남도

- 부주산 반려동물 놀이터 – 전라남도 목포시 옥암동 산 36-20
- 중마 반려동물 놀이터 – 전라남도 광양시 중동 1361-64

전라북도

- 익산 반려동물 전용 무료 놀이터 – 전라북도 특별자치도 익산시 익산대로 1324-21
- 완주 반려동물 놀이터 – 전라북도 특별자치도 완주군 봉동읍 둔산리 729-2
- 오수의견 관광지 반려견 놀이터 – 전라북도 특별자치도 임실군 오수면 금암리 252-1
- 남원 요천 생태습지공원 애견 놀이터 – 전라북도 특별자치도 남원시 주생면 중동리 29